LES INFORTUNES DE LA VERTU

ISBN : 2-87714-161-6

D.-A.-F. DE SADE

Les infortunes
de la vertu

SADE
(1740-1814)

Donatien-Alphonse-François de Sade naît à Paris le 2 juin 1740. Il est le descendant d'une vieille et prestigieuse famille de l'aristocratie de Provence. A 14 ans, il entre dans une école militaire réservée aux fils de la plus ancienne noblesse et, sous-lieutenant un an plus tard, participe à la guerre de Sept Ans contre la Prusse. Il y brille par son courage, mais aussi par son goût pour la débauche. Revenu, en 1763, avec le grade de capitaine, il fréquente les actrices de théâtre et les courtisanes. Son père, pour y mettre fin, cherche à le marier au plus vite.

Le 17 mai 1763, il épouse Mlle de Montreuil, de noblesse récente, mais fortunée. Il ne s'en assagit pas pour autant et fait, dans la même année, son premier séjour en prison pour « débauches outrées ». En 1768, il est à nouveau incarcéré six mois pour avoir enlevé et torturé une passante. Il donne fêtes et bals dans son domaine provençal de La Coste, voyage en Italie, notamment avec sa belle-sœur, dont il s'est épris. A Marseille, en 1772, il est accusé d'empoisonnement (il avait en fait distribué, lors d'une orgie, des dragées aphrodisiaques à quatre prostituées qui avaient rendu malade l'une d'entre elles) et doit s'enfuir en Savoie. Condamné à mort par contumace, il est arrêté, s'évade, puis, cinq ans plus tard (au cours desquels il alterne voyages et scandales), il est arrêté à Paris où il était venu régler ses affaires à la suite du décès de sa mère.

Malgré les interventions de sa femme, il va passer cinq années dans le donjon de Vincennes, écrivant pièces de théâtre et romans pour tromper son ennui, avant d'être transféré à la Bastille où il commence la rédaction des *Cent vingt journées de Sodome* (1784) puis, deux ans plus tard, *Les Infortunes de la vertu* et *Aline et Valcour*. En juillet 1789, dix jours avant la prise de la Bastille, il est transféré à Charenton, dans un asile de fous. Il doit abandonner sa bibliothèque de six cents volumes et ses manuscrits.

Il recouvre la liberté, accordée à toutes les victimes de lettres de cachet, en 1790. Sa femme, lasse de ses violences, obtient la séparation. Ses deux fils émigrent. Pour survivre dans le Paris révolutionnaire — ses biens, en Provence, ont été pillés et mis sous séquestre — il cherche à faire jouer ses pièces, et se lie avec une jeune actrice, Marie Constance Quesnet, qui lui restera fidèle jusqu'au bout. *Justine ou les malheurs de la vertu* est publié — anonymement — en 1791.

Pour faire oublier ses origines nobles, il milite dans la section révolutionnaire de son quartier. Mais son zèle n'est-il pas assez convaincant ? Fin 1793, il est arrêté et condamné à mort. Oublié dans sa geôle à la suite d'une erreur administrative, il échappe à la guillotine et est libéré en octobre 1794.

Vivant chichement — ses seuls revenus sont ses écrits — il publie en 1795 *La Philosophie dans le boudoir*, *Aline et Valcour*, *La nouvelle Justine* et *Juliette* (Justine et Juliette sont deux sœurs, l'une incarnant la vertu, l'autre le vice, qui subissent des aventures où la luxure le dispute à la cruauté). La presse l'accuse d'être l'auteur de « l'infâme roman » *Justine*. Il s'en défend maladroitement. En 1801, la police saisit ses ouvrages chez son imprimeur. On ne lui pardonne pas sa violence érotique, son « délire du vice », sa pornographie. Sans jugement, par simple décision administrative, il est enfermé dans l'asile de fous de Charenton. Il va, qualifié de « fou » mais parfaitement lucide, malgré ses suppliques et ses protestations, y mourir le 1er décembre 1814 sans jamais retrouver la liberté. Cet esprit libre, sur ses 74 années de vie, en aura passé 30 en prison.

Ses descendants refuseront de porter le titre de marquis, et il faudra attendre le milieu du XXe siècle pour que son œuvre, dans laquelle il a ouvert la voie à la psychologie sexuelle moderne, soit « réhabilitée ».

Le triomphe de la philosophie serait de jeter du jour sur l'obscurité des voies dont la providence se sert pour parvenir aux fins qu'elle se propose sur l'homme, et de tracer d'après cela quelque plan de conduite qui pût faire connaître à ce malheureux individu bipède, perpétuellement ballotté par les caprices de cet être qui, dit-on, le dirige aussi despotiquement, qui, dis-je, pût lui faire entendre la manière dont il faut qu'il interprète les décrets de cette providence sur lui, la route qu'il faut qu'il tienne pour prévenir les caprices bizarres de cette fatalité à laquelle on donne vingt noms différents, sans être encore parvenu à la définir.

Car si, partant de nos conventions sociales et ne s'écartant jamais de cette vénération qu'on nous inculqua pour elles dès l'enfance, il vient malheureusement à arriver que par la perversité des autres, quel que soit le bien qu'on pratique, nous n'ayons pourtant jamais rencontré que des épines, lorsque les méchants ne cueillaient que des roses, des gens privés d'un fonds de vertu assez constaté pour se mettre au-dessus des réflexions fournies par ces tristes circonstances, ne calculeront-ils pas qu'alors il vaut mieux s'abandonner au torrent que d'y résister, ne diront-ils pas que la vertu telle belle qu'elle soit, quand malheureusement elle devient trop faible pour lutter contre le vice, devient le plus mauvais parti qu'on puisse prendre et que dans un siècle entièrement corrompu le plus sûr est de faire comme les autres ? Un peu plus instruits si l'on veut, et abusant des lumières qu'ils ont acquises, ne diront-ils pas avec l'ange Jesrad de *Zadig* qu'il n'y a aucun mal dont il ne naisse un bien ; n'ajouteront-ils pas à cela d'eux-mêmes que puisqu'il y a dans la constitution imparfaite de notre mauvais monde une somme de maux égale à celle du bien, il est essentiel pour le maintien de l'équilibre qu'il y ait autant de bons que de méchants, et que d'après cela il devient égal au plan général que tel ou tel soit bon ou méchant de préférence ; que si le malheur persécute la vertu, et que la prospérité accompagne presque toujours le vice, la chose étant égale aux vues de la nature, il vaut infiniment mieux prendre parti parmi les méchants qui prospèrent que parmi les vertueux qui périssent ? Il est donc essentiel de prévenir ces sophismes dangereux de la philosophie, essentiel de faire voir que les exemples de la vertu malheureuse présentés à une âme corrompue dans laquelle il reste encore pourtant quelques bons principes, peuvent ramener cette âme au bien tout aussi sûrement que si on lui eût offert dans cette route de la vertu les palmes les plus brillantes et les plus flatteuses récompenses. Il est cruel sans doute d'avoir à peindre une foule de malheurs accablant la femme douce et sensible qui respecte le mieux la vertu, et d'une autre part la plus brillante fortune chez celle qui la méprise toute sa vie ; mais s'il naît cependant un bien de l'esquisse de ces tableaux, quelque rigoureux et quelque cyniques qu'ils soient, aura-t-on à se reprocher de les avoir offerts au public ? pourra-t-on former quelque remords d'avoir établi un fait, d'où il résultera pour le lecteur qui lit avec fruit la leçon si philosophique de la soumission aux ordres de la providence, du développement d'une partie de ses plus secrètes énigmes et l'avertissement fatal que c'est souvent pour nous ramener à nos devoirs que sa main frappe à côté de nous les êtres qui paraissent même avoir le mieux rempli les leurs ?

Tels sont les sentiments qui nous mettent la plume à la main, et c'est en considération de leur bonne foi que nous demandons à nos lecteurs un peu d'attention mêlé d'intérêt pour les infortunes de la triste et misérable Justine dont nous allons lui faire part.

Mme la comtesse de Lorsange était une de ces prêtresses de Vénus, dont la fortune est l'ouvrage d'une figure enchante-

resse, de beaucoup d'inconduite et de fourberie, et dont les
titres quelque pompeux qu'ils soient ne se trouvent que dans
les archives de Cythère, forgés par l'impertinence qui les
prend et soutenus par la sotte crédulité qui les donne. Brune,
fort vive, une belle taille, des yeux noirs d'une expression
prodigieuse, de l'esprit, et cette incrédulité de mode qui,
prêtant un sel de plus aux passions, fait rechercher avec bien
plus de soin aujourd'hui la femme en qui l'on la soupçonne.
Elle avait reçu la plus brillante éducation possible ; fille d'un
très gros commerçant de la rue Saint-Honoré, elle avait été
élevée avec une sœur plus jeune qu'elle de trois ans dans un
des meilleurs couvents de Paris, où jusqu'à l'âge de quinze
ans, aucun conseil, aucun maître, aucun bon livre, aucun
talent ne lui avait été refusé. A cette époque fatale pour la
vertu d'une jeune fille, tout lui manqua dans un seul jour.
Une banqueroute affreuse précipita son père dans une situation si cruelle que tout ce qu'il put faire pour échapper au sort
le plus sinistre fut de passer promptement en Angleterre,
laissant ses filles à sa femme qui mourut de chagrin huit
jours après le départ de son mari qui périt lui-même en
traversant le Canal de la Manche. Un ou deux parents qui
restaient au plus délibérèrent sur ce qu'ils feraient des filles,
et leur part faite se montant à environ cent écus chacune, la
résolution fut de leur ouvrir la porte, de leur donner ce qui
leur revenait et de les rendre maîtresses de leurs actions.
Mme de Lorsange qui se nommait alors Juliette et dont le
caractère et l'esprit étaient à fort peu de chose près aussi
formés qu'à l'âge de trente ans, époque où elle était lors de
l'anecdote que nous racontons, ne parut sensible qu'au plaisir d'être libre, sans réfléchir un instant aux cruels revers qui
brisaient ses chaînes. Pour Justine, sa sœur, venant
d'atteindre sa douzième année, d'un caractère sombre et
mélancolique, douée d'une tendresse, d'une sensibilité sur-
prenantes, n'ayant au lieu de l'art et de la finesse de sa sœur,
qu'une ingénuité, une candeur, une bonne foi qui devaient la
faire tomber dans bien des pièges, elle sentit toute l'horreur
de sa position. Cette jeune fille avait une physionomie toute
différente de celle de Juliette ; autant on voyait d'artifice, de
manège, de coquetterie dans les traits de l'une, autant on
admirait de pudeur, de délicatesse et de timidité dans l'autre.
Un air de vierge, de grands yeux bleus pleins d'intérêt, une
peau éblouissante, une taille fine et légère, un son de voix
touchant, la plus belle âme et le caractère le plus doux, des

dents d'ivoire et de beaux cheveux blonds, telle est l'esquisse de cette cadette charmante dont les grâces naïves et les traits délicieux sont au-dessus de l'éloquence qui voudrait les peindre et d'une touche trop fine et trop délicate pour ne pas échapper au pinceau qui voudrait les réaliser.

On leur donna vingt-quatre heures à l'une et à l'autre pour quitter le couvent, leur laissant le soin de se pourvoir avec leurs cent écus où bon leur semblerait. Juliette, enchantée d'être sa maîtresse, voulut un moment essuyer les pleurs de Justine, mais voyant qu'elle n'y réussirait pas, elle se mit à la gronder au lieu de la consoler, elle lui dit qu'elle était une bête et qu'avec l'âge et les figures qu'elles avaient, il n'y avait point d'exemple que de jeunes personnes mourussent de faim ; elle lui cita la fille d'une de leurs voisines, qui s'étant échappée de la maison paternelle, était maintenant richement entretenue par un fermier général et roulait carrosse à Paris. Justine eut horreur de ce pernicieux exemple, elle dit qu'elle aimerait mieux mourir que de le suivre et refusa décidément d'accepter un logement avec sa sœur sitôt qu'elle la vit décidée au genre de vie abominable dont Juliette lui faisait l'éloge.

Les deux sœurs se séparèrent donc sans aucune promesse de se revoir, dès que leurs intentions se trouvaient si différentes. Juliette qui allait, prétendait-elle, devenir une grande dame, consentirait-elle à revoir une petite fille dont les inclinations *vertueuses* et basses allaient la déshonorer, et de son côté Justine voudrait-elle risquer ses mœurs dans la société d'une créature perverse qui allait devenir victime de la crapule et de la débauche publique ? Or comme chacune avait raison de son côté, chacune chercha donc des ressources et quitta le couvent dès le lendemain ainsi que cela était convenu.

Justine caressée étant enfant par la couturière de sa mère, s'imagina que cette femme serait sensible à son sort, elle fut la trouver, elle lui raconta sa malheureuse position, lui demanda de l'ouvrage et en fut durement rejetée.

— Oh, ciel ! dit cette pauvre petite créature, faut-il que le premier pas que je fais dans le monde ne me conduise déjà qu'aux chagrins... cette femme m'aimait autrefois, pourquoi donc me repousse-t-elle aujourd'hui ?... Hélas, c'est que je suis orpheline et pauvre... c'est que je n'ai plus de ressource dans le monde et qu'on n'estime les gens qu'en raison des secours, ou des agréments que l'on s'imagine en recevoir.

Justine voyant cela fut trouver le curé de sa paroisse, elle lui demanda quelques conseils, mais le charitable ecclésiastique lui répondit équivoquement que la paroisse était surchargée, qu'il était impossible qu'elle pût avoir part aux aumônes, que cependant si elle voulait le servir, il la logerait volontiers chez lui; mais comme en disant cela le saint homme lui avait passé la main sous le menton en lui donnant un baiser beaucoup trop mondain pour un homme d'Église, Justine qui ne l'avait que trop compris se retira fort vite, en lui disant :

— Monsieur, je ne vous demande ni l'aumône, ni une place de servante, il y a trop peu de temps que je quitte un état au-dessus de celui qui peut faire solliciter ces deux grâces, pour en être encore réduite là ; je vous demande les conseils dont ma jeunesse et mon malheur ont besoin, et vous voulez me les faire acheter par un crime...

Le curé piqué de ce terme et plus encore d'être dévoilé, ouvre la porte, la chasse brutalement, et Justine, deux fois repoussée dès le premier jour qu'elle est condamnée à l'isolisme, entre dans une maison où elle voit un écriteau, loue une petite chambre garnie, la paye d'avance et s'y livre au moins tout à l'aise au chagrin que lui inspirent son état et la cruauté du peu d'individus auxquels son étoile l'a contrainte d'avoir affaire.

On nous permettra de l'abandonner quelque temps dans ce réduit obscur, pour retourner à Juliette et pour apprendre le plus brièvement possible comment du simple état où nous la voyons sortir, elle devint en quinze ans femme titrée, possédant plus de vingt mille livres de rentes, de très beaux bijoux, deux ou trois maisons tant à la campagne qu'à Paris, et pour l'instant, le cœur, la richesse et la confiance de M. de Corville, conseiller d'État, homme dans le plus grand crédit et à la veille d'entrer dans le ministère... La route fut épineuse... on n'en doute assurément pas, c'est par l'apprentissage le plus humiliant et le plus dur, que ces demoiselles-là font leur chemin, et telle est dans le lit d'un prince aujourd'hui qui porte peut-être encore sur son corps les marques humiliantes de la brutalité de ces libertins dépravés, entre les mains desquels son début, sa jeunesse et son inexpérience la jetèrent.

En sortant du couvent, Juliette fut tout simplement trouver une femme qu'elle avait entendu nommer à cette amie de son voisinage qui s'était pervertie et dont elle avait retenu

l'adresse ; elle y arrive effrontément avec son paquet sous le
bras, une petite robe en désordre, la plus jolie figure du
monde, et l'air bien novice ; elle conte son histoire à cette
femme, elle la supplie de la protéger comme elle a fait il y a
quelques années de son ancienne amie.

— Quel âge avez-vous, mon enfant ? lui demande Mme Du
Buisson.

— Quinze ans dans quelques jours, madame.

— Et jamais personne...

— Oh non, madame, je vous le jure.

— Mais c'est que quelquefois dans ces couvents un aumônier... une religieuse, une camarade... il me faut des preuves
sûres.

— Il ne tient qu'à vous de vous les procurer, madame...

Et la Du Buisson, s'étant affublée d'une paire de lunettes et
ayant vérifié par elle-même l'état général des choses, dit à
Juliette :

— Eh bien mon enfant, vous n'avez qu'à rester ici, beaucoup de soumission à mes conseils, un grand fonds de
complaisance pour mes pratiques, de la propreté, de l'économie, de la candeur vis-à-vis de moi, de l'urbanité avec vos
compagnes et de la fourberie envers les hommes, dans quelques années d'ici je vous mettrai en état de vous retirer dans
une chambre avec une commode, un trumeau, une servante,
et l'art que vous aurez acquis chez moi vous donnera de quoi
avoir le reste.

La Du Buisson s'empara du petit paquet de Juliette, elle lui
demanda si elle n'avait point d'argent et celle-ci lui ayant
trop franchement avoué qu'elle avait cent écus, la chère
maman s'en empara en assurant sa jeune élève qu'elle place-
rait ce petit fonds à son profit, mais qu'il ne fallait pas qu'une
jeune fille eût d'argent... c'était un moyen de faire mal et dans
un siècle aussi corrompu, une fille sage et bien née devait
éviter avec soin tout ce qui pouvait la faire tomber dans
quelque piège. Ce sermon fait, la nouvelle venue fut présentée
à ses compagnes, on lui indiqua sa chambre dans la maison
et dès le lendemain, ses prémices furent en vente ; en quatre
mois de temps, la même marchandise fut successivement
vendue à quatre-vingts personnes qui toutes la payèrent
comme neuve, et ce [ne] fut qu'au bout de cet épineux
noviciat que Juliette prit des patentes de sœur converse. De
ce moment elle fut réellement reconnue comme fille de la
maison et de ce moment en partagea les libidineuses

fatigues... autre noviciat ; si dans l'un à quelques écarts près Juliette avait servi la nature, elle en oublia les lois dans le second : des recherches criminelles, de honteux plaisirs, de sourdes et crapuleuses débauches, des goûts scandaleux et bizarres, des fantaisies humiliantes, et tout cela fruit d'une part du désir de jouir sans risquer sa santé, de l'autre, d'une satiété pernicieuse qui blasant l'imagination, ne la laisse plus s'épanouir que par des excès et se rassasier que de dissolutions... Juliette corrompit entièrement ses mœurs dans ce second apprentissage et les triomphes qu'elle vit obtenir au vice dégradèrent totalement son âme ; elle sentit que née pour le crime, au moins devait-elle aller au grand, et renoncer à languir dans un état humiliant et subalterne qui en lui faisant faire les mêmes fautes, en l'avilissant également, ne lui rapportait pas à beaucoup près le même profit. Elle plut à un vieux seigneur fort débauché qui d'abord ne l'avait fait venir que pour l'aventure d'un quart d'heure, elle eut l'art de s'en faire magnifiquement entretenir et parut enfin aux spectacles, aux promenades à côté des cordons bleus de l'ordre de Cythère ; on la regarda, on la cita, on l'envia et la friponne sut si bien s'y prendre qu'en quatre ans elle ruina trois hommes, dont le plus pauvre avait cent mille écus de rentes. Il n'en fallut pas davantage pour faire sa réputation ; l'aveuglement des gens du siècle est tel, que plus une de ces malheureuses a prouvé sa malhonnêteté, plus on est envieux d'être sur sa liste, il semble qu'on se fasse une gloire d'être au rang de ses dupes, une gloire de s'enchaîner au char de la déesse qui place son orgueil et sa puissance au nombre de ses dupes et que le degré de son avilissement et de sa corruption devienne la mesure des sentiments que l'on ose afficher pour elle.

Juliette venait d'atteindre sa vingtième année lorsqu'un comte de Lorsange, gentilhomme angevin âgé d'environ quarante ans, devint si tellement épris d'elle qu'il se résolut de lui donner son nom, n'étant pas assez riche pour l'entretenir ; il lui reconnut douze mille livres de rentes, lui assura le reste de sa fortune qui allait à huit, s'il venait à mourir avant elle, lui donna une maison, des gens, une livrée, et une sorte de considération dans le monde qui parvint en deux ou trois ans à faire oublier ses débuts.

Ce fut ici où la malheureuse Juliette oubliant tous les sentiments de sa naissance honnête et de sa bonne éducation, pervertie par de mauvais livres et de mauvais conseils, pressée de jouir seule, d'avoir un nom, et de n'avoir point de

chaînes, osa se livrer à la coupable pensée d'abréger les jours
de son mari... Elle la conçut et elle l'exécuta avec assez de
secret malheureusement pour se mettre à l'abri des pour-
suites, et pour ensevelir avec cet époux qui la gênait toutes les
traces de son abominable délit.

Redevenue libre et comtesse, Mme de Lorsange reprit ses
anciennes habitudes mais se croyant quelque chose dans le
monde maintenant, elle y mit un peu plus de décence ; ce
n'était plus une fille entretenue, c'était une riche veuve qui
donnait de jolis soupers, chez laquelle toute la ville et toute la
cour étaient trop heureuses d'être admises, et qui néanmoins
couchait pour deux cents louis et se donnait pour cinq cents
par mois. Jusqu'à vingt-six ans elle fit encore de brillantes
conquêtes, ruina trois ambassadeurs, quatre fermiers géné-
raux, deux évêques et trois chevaliers des ordres du roi, et
comme il est rare de s'arrêter après un premier crime surtout
quand il a tourné heureusement, Juliette, la malheureuse et
coupable Juliette, se noircit de deux nouveaux crimes semblables au premier, l'un pour voler un de ses amants qui lui
avait confié une somme considérable que toute la famille de
cet homme ignorait et que Mme de Lorsange put mettre à
l'abri par ce crime odieux, l'autre pour avoir plus tôt un legs
de cent mille francs qu'un de ses adorateurs avait mis sur son
testament en sa faveur au nom d'un tiers qui devait rendre la
somme au moyen d'une légère rétribution. A ces horreurs,
Mme de Lorsange joignait deux ou trois infanticides ; la
crainte de gâter sa jolie taille, le désir de cacher une double
intrigue, tout lui fit prendre la résolution de se faire avorter
plusieurs fois, et ces crimes ignorés comme les autres
n'empêchèrent pas cette créature adroite et ambitieuse de
trouver journellement de nouvelles dupes et de grossir sa
fortune en proportion de ses crimes. Il n'est donc malheureusement que trop vrai que la prospérité peut accompagner le crime et qu'au sein même du désordre et de la
corruption la plus réfléchie, tout ce que les hommes appellent
le bonheur peut dorer le fil de la vie ; mais que cette cruelle et
fatale vérité n'alarme pas, que celle dont nous allons bientôt
offrir l'exemple, du malheur au contraire poursuivant partout la vertu, ne tourmente pas davantage le cœur des gens
honnêtes. Toute cette prospérité du crime n'est qu'appa-
rente ; indépendamment de la providence qui doit nécessairement punir de tels succès, le coupable nourrit au fond de son
cœur un ver qui, le rongeant sans cesse, l'empêche de jouir de

cette lueur de félicité qui l'environne et ne lui laisse au lieu d'elle que le souvenir déchirant des crimes qui la lui ont acquise. A l'égard du malheur qui tourmente la vertu, l'infortuné que le sort persécute a pour consolation sa conscience, et les jouissances secrètes qu'il retire de sa pureté le dédommagent bientôt de l'injustice des hommes.

Tel était donc l'état des affaires de Mme de Lorsange lorsque M. de Corville, âgé de cinquante ans et jouissant du crédit que nous avons peint plus haut, détermina de se sacrifier entièrement pour cette femme, et de la fixer décidément à lui. Soit attention, soit procédés, soit sagesse de la part de Mme de Lorsange, il y était parvenu et il y avait quatre ans qu'il vivait avec elle absolument comme avec une épouse légitime, lorsqu'une terre superbe qu'il venait de lui acheter auprès de Montargis, les avait déterminés l'un et l'autre à y aller passer quelques mois de l'été. Un soir du mois de juin où la beauté du temps les avait engagés à venir se promener jusqu'à la ville, trop fatigués pourtant pour pouvoir retourner au château de la même manière, ils étaient entrés dans l'auberge où descend le coche de Lyon, à dessein d'envoyer de cette maison un homme à cheval leur chercher une voiture au château ; ils se reposaient dans une salle basse et fraîche donnant sur la cour, lorsque le coche dont nous venons de parler entra dans la maison. C'est un amusement naturel que de considérer des voyageurs ; il n'y a personne qui dans un moment de désœuvrement ne le remplisse par cette distraction quand elle se présente. Mme de Lorsange se leva, son amant la suivit et ils virent entrer dans l'auberge toute la société voyageuse. Il paraissait qu'il n'y avait plus personne dans la voiture lorsqu'un cavalier de maréchaussée, descendant du panier, reçut dans ses bras, d'un de ses camarades également niché dans la même place, une jeune fille d'environ vingt-six à vingt-sept ans, enveloppée dans un mauvais mantelet d'indienne et liée comme une criminelle. A un cri d'horreur et de surprise qui échappa à Mme de Lorsange la jeune fille se retourna, et laissa voir des traits si doux et si intéressants, une taille si fine et si déliée que M. de Corville et sa maîtresse ne purent s'empêcher de s'intéresser pour cette misérable créature. M. de Corville s'approche et demande à l'un des cavaliers ce qu'a fait cette infortunée.

— Ma foi, monsieur, répondit l'alguazil, on l'accuse de trois ou quatre crimes énormes, il s'agit de vol, de meurtre et d'incendie, mais je vous avoue que mon camarade et moi

n'avons jamais conduit de criminel avec autant de répugnance; c'est la créature la plus douce et qui paraît la plus
honnête...

— Ah, ah, dit M. de Corville, ne pourrait-il pas y avoir là
quelqu'une de ces bévues ordinaires aux tribunaux subal-
ternes? Et où s'est commis le délit?

— Dans une auberge à trois lieues de Lyon où la malheureuse allait tâcher de se mettre en service; c'est Lyon qui
l'a jugée, elle va à Paris pour la confirmation de la sentence,
et reviendra pour être exécutée à Lyon.

Mme de Lorsange qui s'était approchée et qui entendait le
récit, témoigna tout bas à M. de Corville le désir qu'elle
aurait d'entendre de la bouche de cette fille l'histoire de ses
malheurs et M. de Corville qui concevait aussi le même désir
en fit part aux conducteurs de cette fille, en se faisant
connaître à eux; ceux-ci ne s'y opposèrent point, on décida
qu'il fallait passer la nuit à Montargis, on demanda un
appartement commode auprès duquel il y en eut un pour les
cavaliers, M. de Corville répondit de la prisonnière, on la
délia, elle passa dans l'appartement de M. de Corville et de
Mme de Lorsange, les gardes soupèrent et couchèrent auprès,
et quand on eut fait prendre un peu de nourriture à cette
malheureuse, Mme de Lorsange qui ne pouvait s'empêcher
de prendre à elle le plus vif intérêt, et qui sans doute se disait
à elle-même : Cette misérable créature peut-être innocente
est traitée comme une criminelle, tandis que tout prospère
autour de moi — de moi qui le suis sûrement bien plus qu'elle
— Mme de Lorsange, dis-je, dès qu'elle vit cette jeune fille un
peu remise, un peu consolée des caresses qu'on lui faisait et
de l'intérêt qu'on paraissait prendre à elle, l'engagea de
raconter par quel événement avec un air aussi honnête et
aussi sage elle se trouvait dans une aussi funeste circonstance.

— Vous raconter les malheurs de ma vie, madame, dit
cette belle infortunée en s'adressant à la comtesse, est vous
offrir l'exemple le plus frappant des malheurs de l'innocence
et de la vertu. C'est accuser la providence, c'est s'en plaindre,
c'est une espèce de crime et je ne l'ose pas...

Des pleurs coulèrent alors avec abondance des yeux de
cette pauvre fille, et après leur avoir donné cours un instant
elle reprend ainsi son histoire :

— Vous me permettrez de cacher mon nom et ma naissance, madame, sans être illustre, elle est honnête, et sans la fatalité de mon étoile je n'étais pas destinée à l'humiliation, à l'abandon, d'où la plus grande partie de mes malheurs sont nés. Je perdis mes parents fort jeune, je crus avec le peu de secours qu'ils m'avaient laissé pouvoir attendre une place honnête et refusant constamment toutes celles qui ne l'étaient pas, je mangeai sans m'en apercevoir le peu qui m'était échu ; plus je devenais pauvre, plus j'étais méprisée ; plus j'avais besoin de secours, moins j'espérais d'en obtenir ou plus il m'en était offert d'indignes et d'ignominieux. De toutes les duretés que j'éprouvai dans les débuts de cette malheureuse situation, de tous les propos horribles qui me furent tenus, je ne vous citerai que ce qui m'arriva chez M. Dubourg, l'un des plus riches financiers de la capitale. On m'avait adressée à lui comme à un des hommes dont le crédit et la richesse pouvaient le plus sûrement adoucir mon sort, mais ceux qui m'avaient donné ce conseil, ou voulaient me tromper, ou ne connaissaient pas la dureté de l'âme de cet homme et la dépravation de ses mœurs. Après avoir attendu deux heures dans son antichambre, on m'introduisit enfin ; M. Dubourg, âgé d'environ quarante-cinq ans, venait de sortir de son lit, entortillé dans une robe flottante qui cachait à peine son désordre ; on s'apprêtait à le coiffer, il fit retirer son valet de chambre et me demanda ce que je lui voulais.

— Hélas, monsieur, lui répondis-je, je suis une pauvre orpheline qui n'ai pas encore atteint l'âge de quatorze ans et qui connais déjà toutes les nuances de l'infortune. Alors je lui détaillai mes revers, la difficulté de trouver une place, le malheur que j'avais eu de manger le peu que je possédais pour en chercher, les refus éprouvés, la peine même que j'avais à trouver de l'ouvrage ou en boutique ou dans ma chambre, et l'espoir où j'étais qu'il me faciliterait les moyens de vivre.

Après m'avoir écoutée avec assez d'attention, M. Dubourg me demanda si j'avais toujours été sage.

— Je ne serais ni si pauvre, ni si embarrassée, monsieur, lui dis-je, si j'avais voulu cesser de l'être.

— Mon enfant, me dit-il à cela, et à quel titre prétendez-vous que l'opulence vous soulage quand vous ne lui servirez à rien ?

— Servir, monsieur, je ne demande que cela.

— Les services d'une enfant comme vous sont peu utiles dans une maison, ce n'est pas ceux-là que j'entends, vous

n'êtes ni d'âge, ni de tournure à vous placer comme vous le
demandez, on ne se soucie point d'enfant dans les maisons,
mais vous pouvez avec une sagesse moins ridicule prétendre
à un sort honnête chez tous les libertins. Et ce n'est que là où
vous devez tendre ; cette vertu dont vous faites tant d'étalage,
ne sert à rien dans le monde, vous aurez beau en faire parade,
vous ne trouverez pas un verre d'eau dessus. Des gens comme
nous qui faisons tant que de faire l'aumône, c'est-à-dire une
des choses où nous nous livrons le moins et qui nous répugne
le plus, veulent être dédommagés de l'argent qu'ils sortent de
leur poche, et qu'est-ce qu'une petite fille comme vous peut
donner pour acquitter de ces secours, si ce n'est l'abandon le
plus entier de tout ce qu'on veut bien exiger d'elle ?

— Oh monsieur, il n'y a donc plus ni bienfaisance, ni
sentiments honnêtes dans le cœur des hommes ?

— Fort peu, mon enfant, fort peu, on est revenu de cette
manie d'obliger gratuitement les autres ; l'orgueil peut-être
en devenait un instant flatté, mais comme il n'y a rien de si
chimérique et de sitôt dissipé que ses jouissances, on en a
voulu de plus réelles, et on a senti qu'avec une enfant comme
vous par exemple, il valait infiniment mieux retirer pour
fruit de ses avances tous les plaisirs que le libertinage peut
donner que de s'enorgueillir de lui avoir fait l'aumône. La
réputation d'un homme libéral, aumônier, généreux, ne vaut
pas pour moi la plus légère sensation des plaisirs que vous
pouvez me donner, moyen en quoi d'accord sur cela avec
presque tous les gens de mes goûts et de mon âge, vous
trouverez bon, mon enfant, que je [ne] vous secoure qu'en
raison de votre obéissance à tout ce qu'il me plaira d'exiger
de vous.

— Quelle dureté, monsieur, quelle dureté ! croyez-vous
que le ciel ne vous en punira pas ?

— Apprends, petite novice, que le ciel est la chose du
monde qui nous intéresse le moins ; que ce que nous faisons
sur la terre lui plaise ou non, c'est la chose du monde qui nous
inquiète le moins ; trop certains de son peu de pouvoir sur les
hommes, nous le bravons journellement sans frémir et nos
passions n'ont vraiment de charme que quand elles trans-
gressent le mieux ses intentions ou du moins ce que des sots
nous assurent être tel, mais qui n'est dans le fond que la
chaîne illusoire dont l'imposture a voulu captiver le plus fort.

— Eh monsieur, avec de tels principes, il faut donc que
l'infortune périsse.

— Qu'importe? il y a plus de sujets qu'il n'en faut en France; le gouvernement qui voit tout en grand s'embarrasse fort peu des individus, pourvu que la machine se conserve.

— Mais croyez-vous que des enfants respectent leur père quand ils en sont maltraités?

— Que fait à un père l'amour des enfants qu'il a de trop et dont il se trouve surchargé?

— Il vaudrait donc mieux qu'on nous eût étouffés en naissant.

— A peu près, mais laissons cette politique où tu ne dois rien comprendre. Pourquoi se plaindre du sort qu'il ne dépend que de soi de maîtriser?

— A quel prix, juste ciel!

— A celui d'une chimère, d'une chose qui n'a de valeur que celle que votre orgueil y met... mais laissons encore là cette thèse et ne nous occupons que de ce qui nous regarde ici tous les deux. Vous faites grand cas de cette chimère, n'est-ce pas, et moi fort peu, moyen en quoi je vous l'abandonne; les devoirs que je vous imposerai, et pour lesquels vous recevrez une rétribution honnête, sans être excessive, seront d'un tout autre genre. Je vous mettrai auprès de ma gouvernante, vous la servirez et tous les matins devant moi, tantôt cette femme et tantôt mon valet vous soumettront à des épreuves dont le spectacle fait plus d'effets sur leurs sens engourdis que n'en peut produire la jouissance la plus voluptueuse des femmes sur le plus amoureux des hommes.

Oh madame, comment vous rendre cette exécrable proposition? trop humiliée de me l'entendre faire, m'étourdissant pour ainsi dire, à l'instant qu'on en prononçait les mots... trop honteuse de les redire, votre bonté voudra bien y suppléer... Le cruel, il m'avait nommé les grands prêtres, et je devais servir de victime.

— Voilà tout ce que je puis pour vous, mon enfant, continua ce vilain homme en se levant avec indécence, et encore ne vous promets-je pour cette cérémonie toujours fort longue et fort épineuse, qu'un entretien de deux ans. Vous en avez quatorze; à seize il vous sera libre de chercher fortune ailleurs, et jusque-là vous serez vêtue, nourrie et recevrez un louis par mois. C'est bien honnête, je n'en donnais pas tant à celle que vous remplacerez; il est vrai qu'elle n'avait pas comme vous cette intacte vertu dont vous faites tant de cas, et que je prise comme vous le voyez, environ cinquante écus par an, somme excédante de celle que touchait votre devancière.

Réfléchissez-y donc bien, pensez surtout à l'état de misère où je vous prends, songez que dans le malheureux pays où vous êtes, il faut que ceux qui n'ont pas de quoi vivre souffrent pour en gagner, qu'à leur exemple vous souffrirez peut-être un peu, j'en conviens, mais que vous gagnerez beaucoup davantage que la plus grande partie d'entre eux.

Les indignes propos de ce monstre avaient enflammé ses passions, il me saisit brutalement par le collet de ma robe et me dit qu'il allait pour cette première fois, me faire voir lui-même de quoi il s'agissait en cet instant cruel... Mais mon malheur me prêta du courage et des forces, je parvins à me dégager, et m'élançant vers la porte :

— Homme odieux, lui dis-je en m'échappant, puisse le ciel que tu offenses aussi cruellement te punir un jour comme tu le mérites de ton odieuse barbarie, tu n'es digne ni de ces richesses dont tu fais un si vil usage, ni de l'air même que tu respires dans un monde que souillent tes férocités.

Je retournais tristement chez moi absorbée dans ces réflexions tristes et sombres que font nécessairement naître la cruauté et la corruption des hommes, lorsqu'un rayon de prospérité sembla luire un instant à mes yeux. La Desroches, femme chez qui je logeais, et qui connaissait mes malheurs, vint me dire qu'elle avait enfin trouvé une maison où l'on me recevrait avec plaisir pourvu que je m'y comportasse bien.

— Oh ciel, madame, lui dis-je en l'embrassant avec transport, cette condition est celle que je mettrais moi-même, jugez si je l'accepte avec plaisir.

L'homme que je devais servir était un vieil usurier qui, me dit-on depuis, s'était enrichi, non seulement en prêtant sur gages, mais même en volant impunément tout le monde chaque fois qu'il avait cru le pouvoir faire en sûreté. Il demeurait rue Quincampoix, à un premier étage, avec une créature assez âgée qu'il appelait sa femme et pour le moins aussi méchante que lui.

— Sophie, me dit cet avare, ô Sophie, c'était le nom que je m'étais donné pour cacher le mien, la première vertu qu'il faut dans ma maison, c'est la probité... si jamais vous détourniez d'ici la dixième partie d'un denier, je vous ferais pendre, voyez-vous, Sophie, mais pendre jusqu'à ce que vous n'en puissiez plus revenir. Si ma femme et moi jouissons de quelques douceurs dans notre vieillesse, c'est le fruit de nos travaux immenses et de notre profonde sobriété... Mangez-vous beaucoup, mon enfant ?

— Quelques onces de pain par jour, monsieur, lui répon-dis-je, de l'eau, et un peu de soupe quand je suis assez heureuse pour en avoir.

— De la soupe, morbleu, de la soupe... regardez, ma mie, dit le vieil avare à sa femme, gémissez des progrès du luxe. Depuis un an ça cherche condition, ça meurt de faim depuis un an et ça veut manger de la soupe. A peine le faisons-nous, une fois tous les dimanches, nous qui travaillons comme des forçats depuis quarante ans. Vous aurez trois onces de pain par jour, ma fille, une demi-bouteille d'eau de rivière, une vieille robe de ma femme tous les dix-huit mois pour vous faire des jupons et trois écus de gages au bout de l'année si nous sommes contents de vos services, si votre économie répond à la nôtre et si vous faites enfin, par de l'ordre et de l'arrangement, un peu prospérer la maison. Notre service est peu de chose, vous êtes seule, il s'agit de frotter et de nettoyer trois fois la semaine cet appartement de six pièces, de faire le lit de ma femme et le mien, de répondre à la porte, de poudrer ma perruque, de coiffer ma femme, de soigner le chien, le chat et le perroquet, de soigner la cuisine, d'en nettoyer les ustensiles qu'ils servent ou non, d'aider à ma femme quand elle nous fait un morceau à manger, et d'employer le reste du jour à faire du linge, des bas, des bonnets et autres petits meubles de ménage. Vous voyez que ce n'est rien, Sophie, il vous restera bien du temps à vous, nous vous permettrons de l'employer pour votre compte et de faire également pour votre usage le linge et les vêtements dont vous pourrez avoir besoin.

Vous imaginez aisément, madame, qu'il fallait être dans le cruel état de misère où j'étais pour accepter une telle place; non seulement il y avait infiniment plus d'ouvrage que mon âge et mes forces ne me permettaient d'entreprendre, mais pouvais-je vivre avec ce qu'on m'offrait? Je me gardai pour-tant bien de faire la difficile, et je fus installée dès le même soir.

Si la cruelle position dans laquelle je me trouve, madame, me permettait de songer à vous amuser un instant quand je ne dois penser qu'à émouvoir votre âme en ma faveur, j'ose croire que je vous égaierais en vous racontant tous les traits d'avarice dont je fus témoin dans cette maison, mais une catastrophe si terrible pour moi m'y attendait dès la deuxième année, qu'il m'est bien difficile quand j'y réfléchis, de vous offrir quelques détails agréables avant que de vous

entretenir de ce revers. Vous saurez cependant, madame,
qu'on n'usait jamais de lumière dans cette maison ; l'appartement du maître et de la maîtresse, heureusement tourné en
face du réverbère de la rue, les dispensait d'avoir besoin
d'autre secours et jamais autre clarté ne leur servait pour se
mettre au lit. Pour du linge ils n'en usaient point, il y avait
aux manches de la veste de monsieur, ainsi qu'à celles de la
robe de madame, une vieille paire de manchettes cousue
après l'étoffe et que je lavais tous les samedis au soir afin
qu'elle fût en état le dimanche ; point de draps, point de
serviettes et tout cela pour éviter le blanchissage, objet très
cher dans une maison prétendait M. Du Harpin, mon respectable maître. On ne buvait jamais de vin chez lui, l'eau claire
était, disait Mme Du Harpin, la boisson naturelle dont les
premiers hommes se servirent, et la seule que nous indique la
nature ; toutes les fois qu'on coupait le pain, il se plaçait une
corbeille dessous afin de recueillir ce qui tombait, on y
joignait avec exactitude toutes les miettes qui pouvaient se
faire aux repas, et tout cela frit le dimanche avec un peu de
beurre rance composait le plat de festin de ce jour de repos.
Jamais il ne fallait battre les habits ni les meubles, de peur de
les user, mais les housser légèrement avec un plumeau ; les
souliers de monsieur et de madame étaient doublés de fer et
l'un et l'autre époux gardaient encore avec vénération ceux
qui leur avaient servi le jour de leurs noces ; mais une
pratique beaucoup plus bizarre était celle qu'on me faisait
exercer régulièrement une fois dans la semaine. Il y avait
dans l'appartement un assez grand cabinet dont les murs
n'étaient point tapissés ; il fallait qu'avec un couteau j'allasse
râper une certaine quantité du plâtre de ces murs, que je
passais ensuite dans un tamis fin, et ce qui résultait de cette
opération devenait la poudre de toilette dont j'ornais chaque
matin et la perruque de monsieur et le chignon de madame.
Plût à Dieu que ces turpides eussent été les seules où se
fussent livrées ces vilaines gens ; rien de plus naturel que le
désir de conserver son bien, mais ce qui ne l'est pas autant,
c'est l'envie de le doubler avec celui d'autrui et je ne fus pas
longtemps à m'apercevoir que ce n'était que de cette façon
que M. Du Harpin devenait si riche. Il y avait au-dessus de
nous un particulier fort à son aise, possédant d'assez jolis
bijoux et dont les effets, soit à cause du voisinage, soit pour
lui avoir peut-être passé par les mains, étaient très connus de
mon maître. Je lui entendais souvent regretter avec sa femme

une certaine boîte d'or de trente à quarante louis qui lui serait infailliblement restée, disait-il, si son procureur avait eu un peu plus d'intelligence ; pour se consoler enfin d'avoir rendu cette boîte, l'honnête M. Du Harpin projeta de la voler et ce fut moi qu'on chargea de la négociation.

Après m'avoir fait un grand discours sur l'indifférence du vol, sur l'utilité même dont il était dans la société puisqu'il rétablissait une sorte d'équilibre que dérangeait totalement l'inégalité des richesses, M. Du Harpin me remit une fausse clé, m'assura qu'elle ouvrirait l'appartement du voisin, que je trouverais la boîte dans un secrétaire qu'on ne fermait point, que je l'apporterais sans aucun danger et que pour un service aussi essentiel je recevrais pendant deux ans un écu de plus sur mes gages.

— Oh monsieur, m'écriai-je, en entendant cette proposition, est-il possible qu'un maître ose corrompre ainsi son domestique, lui-même ? qui m'empêche de faire tourner contre vous les armes que vous me mettez à la main et qu'aurez-vous à m'objecter de raisonnable si je vous vole d'après vos principes ?

M. Du Harpin très étonné de ma réponse, n'osant insister davantage, mais me gardant une rancune secrète, me dit que ce qu'il en faisait était pour m'éprouver, que j'étais bien heureuse d'avoir résisté à cette offre insidieuse de sa part et que j'eusse été une fille pendue si j'avais succombé. Je me payai de ce discours, mais je sentis dès lors et les malheurs qui me menaçaient par une telle proposition, et le tort que j'avais eu de répondre aussi fermement. Il n'y avait pourtant point eu de milieu, ou il eût fallu que je commisse le crime dont on me parlait, ou il devenait nécessaire que j'en rejetasse aussi durement la proposition ; avec un peu plus d'expérience j'aurais quitté la maison dès l'instant, mais il était déjà écrit dans le livre de mes destins que chacun des mouvements honnêtes où mon caractère me porterait, devait être payé du malheur, il me fallait donc subir mon sort sans qu'il me fût possible d'échapper.

M. Du Harpin laissa couler près d'un mois, c'est-à-dire à peu près l'époque de la révolution de la seconde année de mon séjour chez lui, sans dire un mot, et sans témoigner le plus léger ressentiment du refus que je lui avais fait, lorsqu'un soir, ma besogne venant d'être finie, je m'étais retirée dans ma chambre pour y goûter quelques heures de repos, j'entendis tout à coup jeter ma porte en dedans et vis

non sans effroi M. Du Harpin conduisant un commissaire et
quatre soldats auprès de mon lit.

— Faites votre devoir, monsieur, dit-il à l'homme de justice, cette malheureuse m'a volé un diamant de mille écus,
vous le trouverez dans sa chambre ou sur elle, le fait est
inévitable.

— Moi vous avoir volé, monsieur, dis-je en me jetant toute
troublée au bas de mon lit, moi, monsieur, ah qui sait mieux
que vous combien une telle action me répugne et l'impossibilité qu'il y a que je l'aie commise !

Mais M. Du Harpin faisant beaucoup de bruit, pour que
mes paroles ne fussent pas entendues, continua d'ordonner
les perquisitions, et la malheureuse bague fut trouvée dans
un de mes matelas. Avec des preuves de cette force il n'y avait
pas à répliquer, je fus à l'instant saisie et conduite à la
conciergerie, sans qu'il me fût seulement possible de faire
entendre un mot de tout ce que je pus dire pour ma justifica-
tion.

Le procès d'une infortunée qui n'a ni crédit, ni protection
est promptement fait en France. On y croit la vertu incompa-
tible avec la misère, et l'infortune dans nos tribunaux est une
preuve complète contre l'accusé ; une injuste prévention y
fait croire que celui qui a dû commettre le crime l'a commis
effectivement, les sentiments s'y mesurent sur l'état dans
lequel on vous trouve et sitôt que des titres ou de la fortune ne
prouvent pas que vous devez être honnête, l'impossibilité que
vous le soyez devient démontrée tout de suite suivant ces
préjugés qui dégradent bien la magistrature française et qu'il
serait bien temps que l'autorité souveraine détruisît comme
ils méritent de l'être.

J'eus beau me défendre, j'eus beau fournir les meilleurs
moyens à l'avocat de forme qu'on me donna pour un instant,
mon maître m'accusait, le diamant s'était trouvé dans ma
chambre, il était clair que je l'avais volé. Lorsque je voulus
citer le trait horrible de M. Du Harpin et prouver que le
malheur qui m'arrivait n'était qu'une suite de la vengeance
et de l'envie qu'il avait de se défaire d'une créature qui,
tenant son secret, devenait maîtresse de sa réputation, on
traita ces plaintes de récriminations, on me dit que M. Du
Harpin était connu depuis quarante ans pour un homme
intègre et incapable d'une telle horreur, et je me vis au
moment d'aller payer de ma vie le refus que j'avais fait de
participer à un crime, lorsqu'un événement inattendu vint,

en me rendant libre, me replonger dans les nouveaux revers qui m'attendaient encore dans le monde.

Une femme de quarante ans que l'on nommait la Dubois, célèbre par des horreurs de toutes les espèces, et plus encore par son esprit, était également à la veille de subir un jugement de mort, plus mérité du moins que le mien, puisque ses crimes étaient constatés, et qu'il était impossible de m'en trouver aucun. J'avais inspiré une sorte d'intérêt à cette femme; un soir, fort peu de jours avant que nous ne dussions perdre l'une et l'autre la vie, elle me dit de ne pas me coucher, mais de me tenir avec elle sans affectation, le plus près que je pourrais des portes de la prison.

— Entre minuit et une heure, poursuivit cette heureuse scélérate, le feu prendra dans la maison... c'est l'ouvrage de mes soins, peut-être y aura-t-il quelqu'un de brûlé, peu importe, ce qu'il y a de sûr c'est que nous nous sauverons; trois hommes, mes complices et mes amis, se joindront à nous et je te réponds de ta liberté.

La main du ciel qui venait de punir l'innocence dans moi servit le crime dans ma protectrice, le feu prit, l'incendie fut horrible, il y eut dix personnes de brûlées, mais nous nous sauvâmes; dès le même jour nous gagnâmes la chaumière d'un braconnier de la forêt de Bondy, espèce de fripon différent, mais des intimes amis des gens de notre bande.

— Te voilà libre, ma chère Sophie, me dit alors la Dubois, tu peux maintenant choisir tel genre de vie qu'il te plaira, mais si j'ai un conseil à te donner, c'est de renoncer à des pratiques de vertu qui comme tu vois ne t'ont jamais réussi; une délicatesse déplacée t'a conduite au pied de l'échafaud, un crime affreux m'en sauve; regarde à quoi le bien sert dans le monde, et si c'est la peine de s'immoler pour lui. Tu es jeune et jolie, je me charge de ta fortune à Bruxelles si tu veux; j'y vais, c'est ma patrie; en deux ans je te mets au pinacle, mais je t'avertis que ce ne sera point par les étroits sentiers de la vertu que je te conduirai à la fortune; il faut faire à ton âge plus d'un métier, et servir à plus d'une intrigue quand on veut faire promptement son chemin... Nous emploierons tout : la volupté, la fourberie, le mensonge, le vol, le meurtre. Tu m'entends, Sophie... tu m'entends, décide-toi donc vite, car il faut fuir, nous ne pouvons rester ici, nous n'avons ici de sûreté que pour peu d'heures.

— Oh madame, dis-je à ma bienfaitrice, je vous ai de grandes obligations, vous m'avez sauvé la vie, je suis déses-

pérée sans doute de ne le devoir qu'à un crime et vous pouvez
être très sûre que s'il m'eût fallu y participer, j'eusse mieux
aimé périr que de le faire. Je ne sais que trop quels dangers
j'ai courus pour m'être abandonnée aux sentiments d'honnêteté qui écloront toujours dans mon cœur, mais quelles que
puissent être les épines de la vertu, je les préférerai toujours
aux fausses lueurs de prospérité, dangereuses faveurs qui
accompagnent un instant le crime. Il est dans moi des idées
de religion qui grâce au ciel ne m'abandonneront jamais. Si
la providence me rend pénible la carrière de la vie, c'est pour
m'en dédommager plus amplement dans un monde meilleur; cette espérance me console, elle adoucit tous mes
chagrins, elle apaise mes plaintes, elle me fortifie dans
l'adversité et me fait braver tous les maux qu'il lui plaira de
m'offrir. Cette joie s'éteindrait aussitôt dans mon cœur si je
venais à le souiller par des crimes, et avec la crainte de revers
encore plus terribles en ce monde j'aurais l'aspect affreux des
châtiments que la justice céleste réserve dans l'autre à ceux
qui l'outragent.

— Voilà des systèmes absurdes qui te conduiront bientôt à
la mendicité dont personne ne te retirera, ma fille, dit la
Dubois en fronçant le sourcil, crois-moi, laisse là la justice
céleste, tes châtiments, ou tes récompenses à venir, toutes ces
bêtises-là ne sont bonnes qu'à l'école ou qu'à faire mourir de
faim ceux qui ont la folie d'y croire. La dureté des riches
légitime la coquinerie des pauvres, mon enfant; que leur
bourse s'ouvre à nos besoins, que l'humanité règne dans leur
cœur, et les vertus pourraient s'établir dans le nôtre, mais
tant que notre infortune, notre patience à la supporter, notre
bonne foi, notre asservissement ne serviront qu'à doubler nos
fers, nos crimes deviendront leur ouvrage et nous serions
bien dupes de nous les refuser pour amoindrir un peu le joug
dont ils nous chargent. La nature nous a fait naître tous
égaux, Sophie; si le sort se plaît à déranger ce premier plan
des lois générales, c'est à nous d'en corriger les caprices, et de
réparer par notre adresse les usurpations des plus forts...
J'aime à les entendre, ces gens riches, ces juges, ces magistrats, j'aime à les voir nous prêcher la vertu; il est difficile de
se garantir du vol quand on a trois fois [plus] qu'il ne faut
pour vivre, bien difficile de ne jamais concevoir le meurtre
quand on [n'] est entouré que d'adulateurs ou d'esclaves
soumis, énormément pénible en vérité d'être tempérant et
sobre quand la volupté les enivre et que les mets les plus

succulents les entourent, ils ont bien de la peine à être francs quand il ne se présente jamais pour eux aucun intérêt de mentir. Mais nous, Sophie, nous que cette providence barbare dont tu as la folie de faire ton idole, a condamnés à ramper sur la terre comme le serpent dans l'herbe, nous qu'on ne voit qu'avec dédain, parce que nous sommes pauvres, qu'on humilie parce que nous sommes faibles, nous qui ne trouvons enfin sur toute la surface du globe que du fiel et que des ronces, tu veux que nous [nous] défendions du crime quand sa main seule ouvre la porte de la vie, nous y maintient, nous y conserve, ou nous empêche de la perdre ; tu veux que perpétuellement soumis et humiliés, pendant que cette classe qui nous maîtrise a pour elle toutes les faveurs de la fortune, nous n'ayons pour nous que la peine, que l'abattement et la douleur, que le besoin et que les larmes, que la flétrissure et l'échafaud ! Non, non, Sophie, non, ou cette providence que tu révères n'est faite que pour nos mépris, ou ce ne sont pas là ses intentions... Connais-la mieux, Sophie, connais-la mieux et convaincs-toi bien que dès qu'elle nous place dans une situation où le mal nous devient nécessaire, et qu'elle nous laisse en même temps la possibilité de l'exercer, c'est que ce mal sert à ses lois comme le bien et qu'elle gagne autant à l'un qu'à l'autre. L'état où elle nous crée est l'égalité, celui qui le dérange n'est pas plus coupable que celui qui cherche à le rétablir, tous deux agissent d'après des impulsions reçues, tous deux doivent les suivre, se mettre un bandeau sur les yeux et jouir.

Je l'avoue, si jamais je fus ébranlée ce fut par les séductions de cette femme adroite, mais une voix plus forte qu'elle combattait ses sophismes dans mon cœur, je l'écoutai bien plus prenante que les captieux propos de cette femme adroite, je ne balançais point à me rendre à son organe et je lui déclarai pour la dernière fois que j'étais décidée à ne me jamais laisser corrompre.

— Eh bien, me dit la Dubois, fais ce que tu voudras, je t'abandonne à ton mauvais sort, mais si jamais tu te fais prendre, comme ça ne peut pas te fuir par la fatalité qui, tout en sauvant le crime, immole inévitablement la vertu, souviens-toi bien du moins de ne jamais parler de nous.

Pendant que nous raisonnions les trois compagnons de la Dubois buvaient avec le braconnier, et comme le vin communément a l'art de faire oublier les crimes du malfaiteur et de l'engager souvent à les renouveler au bord même du préci-

pice duquel il vient d'échapper, nos scélérats ne me virent
pas décidée à me sauver de leurs mains sans avoir envie de se
divertir à mes dépens. Leurs principes, leurs mœurs, le
sombre local où nous étions, l'espèce de sécurité dans
laquelle ils se croyaient, leur ivresse, mon âge, mon innocence et ma tournure, tout les encouragea. Ils se levèrent de
table, ils tinrent conseil entre eux, ils consultèrent la Dubois,
tous procédés dont le mystère me faisait frissonner d'horreur,
et le résultat fut enfin que j'eusse à me décider avant de partir
à leur passer par les mains à tous quatre, ou de bonne grâce
ou de force; que si je le faisais de bonne grâce, ils me
donneraient chacun un écu pour me conduire où je voudrais,
puisque je me refusais à les accompagner; que s'il fallait
employer la force pour me déterminer, la chose se ferait tout
de même, mais pour que le secret fût gardé, le dernier des
quatre qui jouirait de moi me plongerait un couteau dans le
sein et qu'on m'enterrerait ensuite au pied d'un arbre. Je
vous laisse à penser, madame, quel effet me fit cette exécrable proposition; je me jetai aux pieds de la Dubois, je la
conjurai d'être une seconde fois ma protectrice, mais la
scélérate ne fit que rire d'une situation affreuse pour moi, et
qui ne lui paraissait qu'une misère.

— Oh parbleu, dit-elle, te voilà bien malheureuse, obligée
de servir à quatre garçons bâtis comme cela! il y a dix mille
femmes à Paris, ma fille, qui donneraient de bien beaux écus
pour être à ta place aujourd'hui... Écoute, ajouta-t-elle pourtant au bout d'un moment de réflexion, j'ai assez d'empire
sur ces drôles-là pour obtenir ta grâce si tu veux t'en rendre
digne.

— Hélas, madame, que faut-il faire? m'écriai-je en larmes,
ordonnez-moi, je suis toute prête.

— Nous suivre, prendre parti avec nous et commettre les
mêmes choses sans la plus légère répugnance, à ce prix je te
garantis le reste.

Je ne crus pas devoir balancer; en acceptant je courais de
nouveaux dangers, j'en conviens, mais ils étaient moins
pressants que ceux-ci, je pouvais les éviter et rien ne pouvait
me faire échapper à ceux qui me menaçaient.

— J'irai partout, madame, dis-je à la Dubois, j'irai partout, je vous le promets, sauvez-moi de la fureur de ces
hommes et je ne vous quitterai jamais.

— Enfants, dit la Dubois aux quatre bandits, cette fille est
de la troupe, je l'y reçois, je l'y installe; je vous défends de lui

faire violence, ne la dégoûtons pas du métier dès le premier jour; vous voyez comme son âge et sa figure peuvent nous être utiles, servons-nous-en pour nos intérêts, et ne la sacrifions pas à nos plaisirs...

Mais les passions ont un degré dans l'homme, où nulle voix ne peut les captiver; les gens à qui je devais avoir affaire n'étaient en état de rien entendre; se présentant à moi tous les quatre à la fois dans l'état le moins fait pour que je pusse me flatter de ma grâce, ils déclarèrent en jurant que quand l'échafaud serait là, il faudrait que je devinsse leur proie.

— D'abord la mienne, dit l'un d'eux, en me saisissant à bras-le-corps.

— Et de quel droit faut-il que tu commences? dit un second en repoussant son camarade et m'arrachant brutalement de ses mains.

— Ce ne sera parbleu qu'après moi, dit un troisième.

Et la dispute s'échauffant, nos quatre champions se prennent aux cheveux, se terrassent, se pelotent, se culbutent et moi trop heureuse de les voir dans une situation qui me donne le temps de la fuite, pendant que la Dubois s'occupe à les séparer, je m'élance, je gagne la forêt et perds en un instant la maison de vue.

— Être suprême, dis-je en me jetant à genoux, dès que je me crus en sûreté, être suprême, mon vrai protecteur et mon guide, daigne prendre pitié de ma misère; tu vois ma faiblesse et mon innocence, tu vois avec quelle confiance je place en toi tout mon espoir; daigne m'arracher aux dangers qui me poursuivent, ou par une mort moins ignominieuse que celle à laquelle je viens d'échapper, daigne au moins me rappeler promptement vers toi.

La prière est la plus douce consolation du malheureux, il devient plus fort quand il a prié; je me levai pleine de courage, et comme il commençait à faire sombre, je m'enfonçai dans un taillis pour y passer la nuit avec moins de risque; la sûreté où je me croyais, l'abattement dans lequel j'étais, le peu de joie que je venais de goûter, tout contribua à me faire passer une bonne nuit, et le soleil était déjà très haut quand mes yeux se rouvrirent à la lumière. C'est l'instant du réveil qui est le plus fatal pour les infortunés; le calme des idées, l'oubli instantané de leurs maux, tout les rappelle au malheur avec plus de force, tout leur en rend alors le poids plus onéreux.

Eh bien, me dis-je, il est donc vrai qu'il y a des créatures

humaines que la nature destine au même état que les bêtes
féroces ! cachées dans leur réduit, fuyant les hommes comme
elles, quelle différence y a-t-il maintenant entre elles et moi ?
est-ce donc la peine de naître pour un sort aussi pitoyable ? et
mes larmes coulèrent avec abondance en formant ces tristes
réflexions. Je les finissais à peine, lorsque j'entendis du bruit
autour de moi ; un instant je crus que c'était quelque bête,
peu à peu je distinguai les voix de deux hommes. Je prêtai
l'oreille.

— Viens, mon ami, viens, dit l'un d'eux, nous serons à
merveille ici ; la cruelle et fatale présence de ma mère ne
m'empêchera pas au moins de goûter un moment avec toi les
plaisirs qui me sont si chers...

Ils s'approchent, ils se placent tellement en face de moi
qu'aucun de leurs propos... aucun de leurs mouvements ne
peut m'échapper, et je vois...

Juste ciel, madame, dit Sophie en s'interrompant, est-il
possible que le sort ne m'ait jamais placée que dans des
situations si critiques qu'il devienne aussi difficile à la
pudeur de les entendre que de les peindre ?... Ce crime
horrible qui outrage également et la nature et les lois, ce
forfait épouvantable sur lequel la main de Dieu s'est appe-
santie tant de fois, cette infamie en un mot si nouvelle pour
moi que je la concevais à peine, je la vis consommer sous mes
yeux avec toutes les recherches impures, avec toutes les
épisodes affreux que pouvait y mettre la dépravation la plus
réfléchie.

Le plus jeune de ces hommes, celui qui dominait l'autre,
paraissait âgé de vingt-quatre ans, il était en surtout vert et
assez proprement mis pour faire croire que sa condition
devait être honnête ; l'autre paraissait un jeune domestique
de sa maison, d'environ dix-sept à dix-huit ans et d'une fort
jolie figure. La scène fut aussi longue que scandaleuse, et ce
temps me parut d'autant plus cruel, que je n'osai bouger de
peur d'être aperçue.

Enfin les criminels acteurs qui la composaient, rassasiés
sans doute, se levèrent pour regagner le chemin qui devait les
conduire chez eux, lorsque le maître s'approcha du buisson
qui me recélait pour y satisfaire un besoin. Mon bonnet élevé
me trahit, il l'aperçoit :

— Jasmin, dit-il à son jeune Adonis, nous sommes trahis,
mon enfant... une fille, une profane a vu nos mystères ;
approche-toi, sortons cette coquine de là et sachons ce qu'elle
y peut faire.

Je ne leur donnai pas la peine de m'aider à sortir de mon asile ; m'en arrachant aussitôt et tombant à leurs pieds :

— Oh messieurs, m'écriai-je en étendant les bras vers eux, daignez avoir pitié d'une malheureuse dont le sort est plus à plaindre que vous ne pensez ; il est bien peu de revers qui puissent égaler les miens ; que la situation où vous m'avez trouvée ne vous fasse naître aucun soupçon sur moi, elle est l'ouvrage de ma misère bien plutôt que de mes torts ; loin d'augmenter la somme des maux qui m'accablent, veuillez la diminuer au contraire en me facilitant les moyens d'échapper à la rigueur qui me poursuit.

M. de Bressac, c'était le nom du jeune homme entre les mains de qui me faisait tomber mon étoile, avec un grand fond de libertinage dans l'esprit, n'était pas pourvu d'une dose bien abondante de sensibilité dans le cœur. Il n'est malheureusement que trop commun de voir la débauche des sens éteindre absolument la pitié dans l'homme ; son effet ordinaire est d'endurcir ; soit que la plus grande partie de ses écarts nécessite une sorte d'apathie dans l'âme, soit que la secousse violente qu'elle imprime à la masse des nerfs diminue la sensibilité de leur action, toujours est-il qu'un débauché de profession est rarement un homme pitoyable. Mais à cette cruauté naturelle dans l'espèce de gens dont j'esquisse le caractère, il se joignait encore dans M. de Bressac un dégoût si marqué pour notre sexe, une haine si invétérée pour tout ce qui le caractérisait, qu'il était difficile que je parvinsse à placer dans son âme les sentiments dont je voulais l'émouvoir.

— Que fais-tu là enfin, tourterelle des bois, me dit assez durement pour toute réponse cet homme que je voulais attendrir... parle vrai, tu as vu tout ce qui s'est passé entre ce jeune homme et moi n'est-ce pas ?

— Moi, non, monsieur, m'écriai-je aussitôt, ne croyant faire aucun mal en déguisant cette vérité, soyez bien assuré que je n'ai vu que des choses très simples ; je vous ai vus, monsieur et vous, assis tous deux sur l'herbe, j'ai cru m'apercevoir que vous y avez causé un instant, je n'en ai pas aperçu davantage.

— Je le veux croire, répondit M. de Bressac, et cela pour ta tranquillité, car si j'imaginais que tu eusses pu voir autre chose, tu ne sortirais jamais de ce buisson... Allons, Jasmin, il est de bonne heure, nous avons le temps d'ouïr les aventures de cette catin ; qu'elle nous les conte dans l'instant, ensuite nous l'attacherons à ce gros chêne et nous lui essaierons nos couteaux de chasse sur les veines.

Nos jeunes gens s'assirent, ils m'ordonnèrent de me placer près d'eux et là, je leur racontai ingénument tout ce qui m'était arrivé depuis mon enfance.

— Allons, Jasmin, dit M. de Bressac en se levant dès que j'eus fini, soyons justes une fois dans notre vie, mon cher; l'équitable Thémis a condamné cette coquine, ne souffrons pas que les vues de la déesse soient aussi cruellement frustrées, et faisons subir à la criminelle l'arrêt qu'elle allait encourir; ce n'est pas un crime que nous allons commettre, c'est une vertu, mon ami, c'est un rétablissement dans l'ordre moral des choses, et puisque nous avons le malheur de le déranger quelquefois, rétablissons-le courageusement du moins quand l'occasion s'en présente.

Et les cruels m'ayant enlevée de ma place me traînaient déjà vers l'arbre indiqué, sans être touchés ni de mes gémissements, ni de mes larmes.

— Lions-la dans ce sens-ci, dit Bressac à son valet en m'appuyant le ventre contre l'arbre.

Leurs jarretières, leurs mouchoirs, tout servit et en une minute, je fus garrottée si cruellement qu'il me devint impossible de faire usage d'aucun de mes membres; cette opération faite, les scélérats détachèrent mes jupes, relevèrent ma chemise sur mes épaules, et mettant leur couteau de chasse à la main, je crus qu'ils allaient pourfendre toutes les parties postérieures qu'avait découvertes leur brutalité.

— En voilà assez, dit Bressac sans que j'eusse pourtant encore reçu un seul coup, en voilà assez pour qu'elle nous connaisse et pour la tenir dans notre dépendance. Sophie, continua-t-il en détachant mes liens, rhabillez-vous, soyez discrète et suivez-nous; si vous vous attachez à moi, vous n'aurez pas lieu de vous en repentir, mon enfant, il faut une seconde femme de chambre à ma mère, je vais vous présenter à elle... sur la foi de vos récits je vais lui répondre de votre conduite, mais si vous abusez de mes bontés, ou que vous trahissiez ma confiance, regardez bien cet arbre qui devait vous servir de lit funèbre, souvenez-vous qu'il n'est qu'à une lieue du château où je vous conduis et qu'à la plus légère faute vous y serez à l'instant ramenée...

A peine trouvais-je des expressions pour remercier mon bienfaiteur, je me jetai à ses pieds... j'embrassais ses genoux, je lui faisais tous les serments imaginables d'une bonne conduite, mais aussi insensible à ma joie qu'à ma douleur:

— Marchons, dit M. de Bressac, c'est votre conduite qui parlera pour vous et c'est elle seule qui réglera votre sort.

Nous avançâmes, Jasmin et son maître causaient ensemble, et je les suivais humblement sans mot dire ; une petite heure nous rendit au château de Mme la comtesse de Bressac et la magnificence des entours me fit voir que quelque poste que je dusse remplir dans cette maison-ci, il serait assurément plus lucratif pour moi que celui de la gouvernante en chef de M. et de Mme Du Harpin. On me fit attendre dans un office où Jasmin me fit déjeuner ; pendant ce temps M. de Bressac monta chez sa mère, il la prévint et une demi-heure après lui-même vint me chercher pour me présenter à elle.

Mme de Bressac était une femme de quarante-cinq ans, fort belle encore et qui me parut fort honnête et principalement fort humaine, quoiqu'elle mêlât un peu de sévérité dans ses principes et dans ses propos ; veuve depuis deux ans d'un homme de fort grande maison mais qui l'avait épousée sans autre fortune que le beau nom qu'il lui donnait, tous les biens que pouvait espérer le jeune marquis de Bressac dépendaient donc de cette mère et ce qu'il avait eu de son père lui donnait à peine de quoi s'entretenir. Mme de Bressac y joignait une pension considérable, mais il s'en fallait bien qu'elle suffît aux énormes dépenses de son fils ; il y avait au moins soixante mille livres de rentes dans cette maison, et M. de Bressac n'avait ni frère ni sœur ; on n'avait jamais pu le déterminer à entrer au service ; tout ce qui l'écartait de ses plaisirs de choix était si insupportable pour lui qu'il était impossible de lui faire prendre aucune sujétion. Madame la comtesse et son fils passaient trois mois de l'année dans cette terre et le reste du temps à Paris, et ces trois mois qu'elle exigeait de son fils de passer avec elle étaient déjà une bien grande gêne pour un homme qui ne quittait jamais le centre de ses plaisirs sans être dans le plus grand chagrin.

Le marquis de Bressac m'ordonna de raconter à sa mère les mêmes choses que je lui avait dites, et dès que j'eus fini mon récit :

— Votre candeur et votre naïveté, me dit Mme de Bressac, ne me permettent pas de douter de votre innocence. Je ne prendrai d'autres informations sur vous que de savoir si vous êtes réellement comme vous me le dites la fille de l'homme que vous m'indiquez ; si cela est, j'ai connu votre père, et cela me deviendra une raison pour m'intéresser de plus à vous.

Quant à votre affaire de chez Du Harpin, je me charge
d'arranger cela en deux visites chez le chancelier, mon ami
depuis des siècles ; c'est l'homme le plus intègre qu'il y ait en
France ; il ne s'agit que de lui prouver votre innocence pour
anéantir tout ce qui a été fait contre vous et pour que vous
puissiez reparaître sans nulle crainte à Paris... mais réflé-
chissez bien, Sophie, que tout ce que je vous promets ici n'est
qu'au prix d'une conduite intacte ; ainsi vous voyez que les
reconnaissances que j'exige de vous tourneront toujours à
votre profit.

Je me jetai aux pieds de Mme de Bressac, je l'assurai
qu'elle n'aurait jamais lieu que d'être contente de moi et dès
l'instant je fus installée chez elle sur le pied de sa seconde
femme de chambre. Au bout de trois jours les informations
qu'avait faites Mme de Bressac à Paris arrivèrent telles que je
pouvais les désirer, et toutes les idées de malheur s'éva-
nouirent enfin de mon esprit pour n'être plus remplacées que
par l'espoir des plus douces consolations qu'il dût m'être
permis d'attendre ; mais il n'était pas écrit dans le ciel que la
pauvre Sophie dût jamais être heureuse, et si quelques
moments de calme naissaient fortuitement pour elle, ce
n'était que pour lui rendre plus amers tous ceux d'horreur
qui devaient les suivre bientôt.

A peine fûmes-nous à Paris que Mme de Bressac
s'empressa de travailler pour moi. Le premier président
voulut me voir, il écouta mes malheurs avec intérêt, la
coquinerie de Du Harpin mieux approfondie fut reconnue, on
se convainquit que si j'avais profité de l'incendie des prisons
du palais, au moins n'y avais-je participé pour rien et toute
procédure s'anéantit (m'assura-t-on) sans que les magistrats
qui s'en mêlèrent crussent devoir y employer d'autres forma-
lités.

Il est aisé d'imaginer combien de tels procédés m'atta-
chaient à Mme de Bressac ; n'eût-elle pas eu d'ailleurs pour
moi toute sorte de bontés, comment de pareilles démarches
ne m'eussent-elles pas liée pour jamais à une protectrice
aussi précieuse ? Il s'en fallait bien pourtant que l'intention
du jeune marquis de Bressac fût de m'enchaîner aussi intimement à sa mère ; indépendamment des désordres affreux du
genre que je vous ai peint, dans lequel se plongeait aveuglé-
ment ce jeune homme bien plus à Paris qu'à la campagne, je
ne fus pas longtemps à m'apercevoir qu'il détestait souverainement la comtesse. Il est vrai que celle-ci faisait tout au

monde ou pour arrêter ses libertinages ou pour les contrarier, mais comme elle y employait peut-être un peu trop de rigueur, le jeune homme, plus enflammé par les effets mêmes de cette sévérité, ne s'y livrait qu'avec plus de frénésie et la pauvre comtesse ne retirait de ses persécutions que de se faire souverainement haïr.

— Ne vous imaginez pas, me disait très souvent le marquis, que ce soit d'elle-même que ma mère agisse dans tout ce qui vous touche ; croyez, Sophie, que si je ne la harcelais à tout instant, elle se ressouviendrait à peine de l'intérêt qu'elle vous a promis ; elle vous fait valoir tous ses pas, tandis qu'il n'ont été faits que par moi. J'ose le dire, c'est donc à moi seul que vous devez quelque reconnaissance, Sophie, et celle que j'exige de vous doit paraître d'autant plus désintéressée, que vous en savez trop pour ne pas être bien sûre que quelque jolie que vous puissiez être, ce n'est pas à vos faveurs que je prétends. Non, Sophie, non, les services que j'attends de vous sont d'un tout autre genre, et quand vous serez bien convaincue de tout ce que j'ai fait pour vous, j'espère que je trouverai dans votre âme tout ce que je suis en droit d'en attendre...

Ces discours me paraissaient si obscurs, que je ne savais comment y répondre ; je le faisais pourtant à tout hasard et peut-être avec trop de facilité.

C'est ici le moment de vous apprendre, madame, le seul tort réel que j'ai eu à me reprocher de ma vie... que dis-je un tort, une extravagance qui n'eut jamais rien d'égal... mais au moins ce n'est pas un crime, c'est une simple erreur qui n'a puni que moi et dont il ne me paraît pas que la main équitable du ciel ait dû se servir pour m'entraîner dans l'abîme qui s'ouvrait insensiblement sous mes pas. Il m'avait été impossible de voir le marquis de Bressac sans me sentir entraînée vers lui par un mouvement de tendresse que rien n'avait pu vaincre en moi. Quelque réflexion que je fisse sur son éloignement pour les femmes, sur la dépravation de ses goûts, sur les distances morales qui nous séparaient, rien, rien au monde ne pouvait éteindre cette passion naissante et si le marquis m'eût demandé ma vie, je la lui aurais sacrifiée mille fois, croyant encore ne rien faire pour lui. Il était loin de soupçonner des sentiments que je tenais aussi soigneusement renfermés dans mon cœur... il était loin, l'ingrat, de démêler les pleurs que versait journellement la malheureuse Sophie sur les désordres honteux qui le perdaient, mais il lui était impossible pourtant de ne pas se douter du désir que j'avais

de voler au-devant de tout ce qui pouvait lui plaire, il ne se
pouvait pas qu'il n'entrevît mes prévenances... Trop aveugles
sans doute, elles allaient jusqu'au point de servir même ses
erreurs autant au moins que la décence pouvait me le permettre et de les déguiser toujours à sa mère. Cette manière de
me conduire m'avait en quelque façon valu sa confiance, et
tout ce qui venait de lui m'était si précieux, je m'aveuglais
tellement sur le peu que m'offrait son cœur, que j'eus quelquefois l'orgueil de croire que je ne lui étais pas indifférente,
mais combien l'excès de ses désordres me désabusait promptement! Ils étaient tels que non seulement la maison était
remplie de ces indignes suppôts de ses travers, mais qu'il
soudoyait encore même en dehors une foule de mauvais
sujets, ou chez lesquels il allait, ou qui venaient journellement chez lui, et comme ce goût, tout odieux qu'il est, n'est
pas moins un des plus chers, le marquis se dérangeait prodigieusement. Je prenais quelquefois la liberté de lui présenter
tous les inconvénients de sa conduite; il m'écoutait sans
répugnance, puis finissait par me dire qu'on ne se corrigeait
pas de l'espèce de vice qui le dominait, que reproduit sous
mille formes, il avait des branches différentes pour chaque
âge, qui rendant de dix en dix ans ses sensations toujours plus
flatteuses, y faisaient tenir jusqu'au tombeau ceux qui
avaient le malheur d'en être dominés... Mais si j'essayais de
lui parler de sa mère et des chagrins qu'il lui donnait, je ne
voyais plus que du dépit, de l'humeur, de l'irritation et de
l'impatience de voir si longtemps en de telles mains un bien
qui devrait déjà lui appartenir, la haine la plus insolente
contre cette mère respectable et la révolte la plus constatée
contre les sentiments de la nature. Serait-il donc vrai que
quand on est parvenu à transgresser aussi formellement dans
ces goûts les lois de cet organe sacré, la suite nécessaire de ce
premier crime fût une affreuse facilité à commettre impunément tous les autres?

Quelquefois je me servais des moyens de la religion;
presque toujours consolée par elle, j'essayais de faire passer
ses douceurs dans l'âme de ce pervers, à peu près sûre de le
captiver par de tels liens si je parvenais à lui en faire partager
les charmes. Mais le marquis ne me laissa pas longtemps
employer de telles voies avec lui; ennemi déclaré de nos
saints mystères qu'il ridiculisait sans cesse, frondeur opi-
niâtre de la pureté de nos dogmes, antagoniste outré de
l'existence d'un être suprême, M. de Bressac au lieu de se

laisser convertir par moi chercha bien plutôt à me corrompre.

— Toutes les religions partent d'un principe faux, Sophie,
me disait-il un jour, toutes supposent comme nécessaire le
culte d'un être créateur ; or si ce monde éternel, comme tous
ceux au milieu desquels il flotte dans les plaines infinies de
l'espace, n'a jamais eu de commencement et ne doit jamais
avoir de fin, si toutes les productions de la nature sont des
effets résultatifs des lois qui l'enchaînent elle-même, si son
action et sa réaction perpétuelles supposent le mouvement
essentiel à son essence, que devient le moteur que vous lui
prêtez gratuitement ? Ah ! crois-le, Sophie, ce dieu que tu
admets n'est que le fruit de l'ignorance d'un côté et de la
tyrannie de l'autre ; quand le plus fort voulut enchaîner le
plus faible, il lui persuada qu'un dieu sanctifiait les fers dont
il l'accablait, et celui-ci abruti par sa misère crut indifféremment ce que l'autre voulut. Toutes les religions, nées de cette
première fable, doivent donc être dévouées au mépris comme
elle, il n'en est pas une seule qui ne porte l'emblème de
l'imposture et de la stupidité ; je vois dans toutes des mystères qui font frémir la raison, des dogmes outrageant la
nature et des cérémonies grotesques qui n'inspirent que la
dérision. A peine eus-je les yeux ouverts, Sophie, que je
détestai ces horreurs, je me fis une loi de les fouler aux pieds,
un serment de n'y revenir de mes jours ; imite-moi si tu veux
être raisonnable.

— Oh monsieur, répondis-je au marquis, vous priveriez
une malheureuse du plus doux espoir de sa vie si vous lui
enleviez cette religion qui la console ; fermement attachée à
ce qu'elle enseigne, absolument convaincue que tous les
coups qui lui sont portés ne sont que l'effet du libertinage et
des passions, irai-je sacrifier à des sophismes qui me font
frémir l'idée la plus douce de ma vie ?

J'ajoutais à cela mille autres raisonnements dictés par ma
raison, épanchés par mon cœur, mais le marquis n'en faisait
que rire, et ses principes captieux, nourris d'une éloquence
plus mâle, soutenus de lectures que je n'avais heureusement
jamais faites, renversaient toujours tous les miens. Mme de
Bressac remplie de vertu et de piété n'ignorait pas que son
fils soutenait ses écarts par tous les paradoxes de l'incrédulité ; elle en gémissait souvent avec moi, et comme elle
daignait me trouver un peu plus de bon sens qu'aux autres
femmes qui l'entouraient, elle aimait à me confier ses chagrins.

Cependant les mauvais procédés de son fils redoublaient pour elle; il était au point de ne plus s'en cacher, non seulement il avait entouré sa mère de toute cette canaille dangereuse servant à ses plaisirs, mais il avait poussé l'insolence jusqu'à lui déclarer même un jour devant moi, que si elle s'avisait de contrarier encore ses goûts, il la convaincrait du charme dont ils étaient en s'y livrant à ses yeux mêmes, et véritablement il en conçut l'idée. Je gémissais de ces propos et de cette conduite, je tâchais d'en tirer au fond de moi-même des motifs pour étouffer dans mon cœur cette malheureuse passion qui le dévorait... mais l'amour est-il un mal dont on puisse guérir? Tout ce que je cherchais à lui opposer n'attisait que plus vivement sa flamme, et le perfide Bressac ne me paraissait jamais plus aimable que quand j'avais réuni devant moi tout ce qui devait m'engager à le haïr.

Il y avait quatre ans que j'étais dans cette maison, toujours persécutée par les mêmes chagrins, toujours consolée par les mêmes douceurs, lorsque l'affreux motif des séductions du marquis me fut enfin offert dans toute son horreur. Nous étions pour lors à la campagne, j'étais seule auprès de Madame; sa première femme avait obtenu de rester à Paris l'été, pour quelque affaire de son mari. Un soir, quelques instants après que je fus retirée de chez ma maîtresse, respirant à un balcon de ma chambre, et ne pouvant à cause de l'extrême chaleur me déterminer à me coucher, tout à coup le marquis frappe à ma porte, et me prie de le laisser causer avec moi une partie de la nuit... Hélas, les courts instants que m'accordait ce cruel auteur de mes maux me paraissaient trop précieux pour que j'osasse en refuser aucun; il entre, il ferme avec soin la porte, et se jetant auprès de moi dans un fauteuil :

— Écoute-moi, Sophie, me dit-il avec un peu d'embarras, j'ai des choses de la plus grande conséquence à te confier, commence par me jurer que tu ne révéleras jamais rien de ce que je vais te dire.

— Oh monsieur, pouvez-vous me croire capable d'abuser de votre confiance?

— Tu ne sais pas tout ce que tu risquerais si tu venais à me prouver que je me suis trompé en te l'accordant.

— Le plus grand de mes chagrins serait de l'avoir perdue, je n'ai pas besoin de plus grandes menaces.

— Eh bien, Sophie... j'ai conjuré contre les jours de ma mère, et c'est ta main que j'ai choisie pour me servir.

— Moi, monsieur, m'écriai-je en reculant d'horreur, oh ciel, comment deux projets semblables ont-ils pu vous venir dans l'esprit ? Prenez mes jours, monsieur, ils sont à vous, disposez-en, je vous les dois, mais n'imaginez jamais obtenir de moi de me prêter à un crime dont l'idée seule est insoutenable à mon cœur.

— Écoute, Sophie, me dit M. de Bressac en me ramenant avec tranquillité, je me suis bien douté de tes répugnances, mais comme tu as de l'esprit, je me suis flatté de les vaincre en te faisant voir que ce crime que tu trouves si énorme n'est au fond qu'une chose toute simple. Deux crimes s'offrent ici à tes yeux peu philosophiques, la destruction de son semblable et le mal dont cette destruction s'augmente quand ce semblable est notre mère. Quant à la destruction de son semblable, sois-en certaine, Sophie, elle est purement chimérique, le pouvoir de détruire n'est pas accordé à l'homme, il a tout au plus celui de varier des formes, mais il n'a pas celui de les anéantir ; or toute forme est égale aux yeux de la nature, rien ne se perd dans le creuset immense où ses variations s'exécutent, toutes les portions de matière qui s'y jettent se renouvellent incessamment sous d'autres formes et quelles que soient nos actions en ce genre, aucune ne l'offense directement, aucune ne saurait l'outrager ; nos destructions raniment son pouvoir, elles entretiennent son énergie mais aucune ne l'atténue. Eh, qu'importe à la nature toujours créatrice que cette masse de chair conformant aujourd'hui une femme, se reproduise demain sous la forme de mille insectes différents ? oseras-tu dire que la construction d'un individu tel que nous coûte plus à sa main que celle d'un vermisseau et qu'elle doit par conséquent y prendre un plus grand intérêt ? or si le degré d'attachement ou plutôt d'indifférence est le même, que peut lui faire que par ce qu'on appelle le crime d'un homme, un autre soit changé en mouche ou en laitue ? Quand on m'aura prouvé la sublimité de notre espèce, quand on m'aura démontré qu'elle est tellement importante à la nature que nécessairement ses lois s'irritent d'une telle destruction, alors je pourrai croire que cette destruction est un crime ; mais quand l'étude la plus réfléchie de la nature m'aura prouvé que tout ce qui végète sur ce globe, le plus imparfait de ses ouvrages, est d'un prix égal à ses yeux, je ne supposerai jamais que le changement de ces êtres en mille autres puisse jamais enfreindre ses lois ; je me dirai : tous les hommes, toutes les plantes, tous les

animaux, croissant, végétant, se détruisant par les mêmes
moyens, ne recevant jamais une mort réelle, mais une simple
variation dans ce qui les modifie, tous, dis-je, se poussant, se
détruisant, se procréant indifféremment, paraissent un instant sous une forme, et l'instant d'après sous une autre,
peuvent au gré de l'être qui veut ou qui peut les mouvoir
changer mille et mille fois dans un jour, sans qu'une seule loi
de la nature en puisse être un moment affectée. Mais cet être
que j'attaque est ma mère, c'est l'être qui m'a porté dans son
sein. Et que me fait cette vaine considération ? quel est son
titre pour m'arrêter ? songeait-elle à moi, cette mère, quand
sa lubricité la fit concevoir le fœtus dont je dérivai ? puis-je
lui devoir de la reconnaissance pour s'être occupée de son
plaisir ? Ce n'est pas le sang de la mère d'ailleurs qui forme
l'enfant, c'est celui du père seul ; le sein de la femelle fructifie,
conserve, élabore, mais il ne fournit rien, voilà la réflexion
qui jamais ne m'eût fait attenter aux jours de mon père,
pendant que je regarde comme une chose toute simple de
trancher le fil de ceux de la femme qui m'a mis au jour. S'il
est donc possible que le cœur de l'enfant puisse s'émouvoir
avec justice de quelques sentiments de gratitude envers une
mère, ce ne peut être qu'en raison de ses procédés pour nous
dès que nous sommes en âge d'en jouir. Si elle en a eu de
bons, nous pouvons l'aimer, peut-être même le devons-nous ;
si elle n'en a eu que de mauvais, enchaînés par aucune loi de
la nature, non seulement nous ne lui devons plus rien, mais
tout nous dicte de nous en défaire, par cette force puissante
de l'égoïsme qui engage naturellement et invinciblement
l'homme à se débarrasser de tout ce qui lui nuit sans qu'il
fasse autre chose en agissant ainsi que céder au plus saint de
tous les mouvements.

— Oh, monsieur, répondis-je tout effrayée au marquis,
cette indifférence que vous supposez à la nature n'est encore
ici que l'ouvrage de vos passions ; daignez un instant écouter
votre cœur au lieu d'elles, et vous verrez comme il condam-
nera ces impérieux raisonnements de votre libertinage. Ce
cœur au tribunal duquel je vous renvoie n'est-il pas le sanctuaire où cette nature veut qu'on outragez veut qu'on l'écoute
et qu'on la respecte ? si elle y grave la plus forte horreur pour
ce crime que vous méditez, m'accorderez-vous qu'il est
condamnable ? Vous m'objecterez que le feu des passions
dissipe cette horreur, soit, mais elles ne seront pas plutôt
satisfaites qu'elles y renaîtront, et qu'elles s'y feront entendre

par l'organe impérieux des remords que vous chercherez en
vain à combattre. Plus est grande votre sensibilité, plus leur
empire sera déchirant... chaque jour, à chaque minute, vous
la verrez devant vos yeux, cette mère tendre que votre main
barbare aura plongée dans le tombeau, vous entendrez sa
voix plaintive prononcer encore le doux nom qui faisait le
charme de votre enfance... elle apparaîtra dans vos veilles,
elle vous tourmentera dans vos songes, elle ouvrira de ses
mains sanglantes ces plaies dont vous l'aurez déchirée; pas
un moment heureux dès lors ne luira pour vous sur la terre,
tous vos plaisirs seront détruits, toutes vos idées se trouble-
ront, une main céleste dont vous méconnaissez le pouvoir
vengera les jours que vous aurez détruits en empoisonnant
tous les vôtres, et sans avoir joui de vos forfaits vous périrez
du regret mortel d'avoir osé les concevoir.

J'étais en larmes en prononçant ces derniers mots, je me
précipitai aux genoux du marquis, je le conjurai par tout ce
qu'il pouvait avoir de plus cher d'oublier un égarement
infâme que je lui jurais de cacher toute ma vie, mais je ne
connaissais pas le cœur que je cherchais à attendrir. Quelque
vigueur que cette âme pût avoir, tous les ressorts en étaient
déjà brisés et les passions dans toute leur fougue n'y faisaient
plus régner que le crime. Le marquis se leva froidement.

— Je vois bien que je m'étais trompé, Sophie, me dit-il,
j'en suis peut-être autant fâché pour vous que pour moi;
n'importe, je trouverai d'autres moyens, et vous aurez beaucoup perdu dans mon esprit, sans que votre maîtresse y ait
rien gagné.

Cette menace changea toutes mes idées; en n'acceptant pas
le crime qu'on me proposait, je risquais beaucoup pour mon
compte, et ma maîtresse périssait infailliblement; en consen-
tant à la complicité, je me mettais à couvert du courroux de
mon jeune maître, et je sauvais nécessairement sa mère.
Cette réflexion, qui fut en moi l'ouvrage d'un instant, me fit
changer de rôle à la minute, mais comme un retour si prompt
eût pu paraître suspect, je ménageai longtemps ma défaite, je
mis le marquis dans le cas de me répéter souvent ses
sophismes, j'eus peu à peu l'air de ne savoir qu'y répondre,
Bressac me crut vaincue, je légitimai ma faiblesse par la
puissance de son art, à la fin j'eus l'air de tout accepter, le
marquis me sauta au col... Que ce mouvement m'eût comblée
d'aise si ces barbares projets n'eussent anéanti tous les

sentiments que mon faible cœur avait osé concevoir pour
lui... s'il eût été possible que je l'aimasse encore...

— Tu es la première femme que j'embrasse, me dit le
marquis, et en vérité c'est de toute mon âme... tu es charmante, Sophie ; un rayon de philosophie a donc pénétré ton
esprit ; était-il possible que cet esprit charmant restât si
longtemps dans les ténèbres ?

Et en même temps nous convînmes de nos faits : pour que
le marquis donnât mieux dans le panneau, j'avais toujours
conservé un certain air de répugnance, chaque fois qu'il
développait mieux son projet ou qu'il m'en expliquait les
moyens, et ce fut cette feinte si permise d'après les réflexions
que je viens d'énoncer, qui réussit à le tromper mieux que
tout. Nous arrangeâmes que dans deux ou trois jours plus ou
moins, suivant la facilité que j'y trouverais, je jetterais adroi-
tement un petit paquet de poison que me remit le marquis
dans une tasse de chocolat que la comtesse avait coutume de
prendre tous les matins ; Bressac me garantit toutes les suites
et me promit deux mille écus de rentes à manger ou près de
lui, ou dans un tel lieu que bon me semblerait ; il me signa
cette promesse sans caractériser ce qui devait me faire jouir
de cette faveur, et nous nous séparâmes.

Il arriva sur ces entrefaites quelque chose de trop singulier,
de trop fort pour achever de vous faire voir le caractère de
l'homme atroce dont il s'agit ici, pour que je n'en interrompe
pas, en vous la disant, le récit que vous attendez sans doute de
la fin de la cruelle aventure où je m'étais engagée. Le surlen-
demain de notre entrevue, le marquis reçut la nouvelle qu'un
oncle sur la succession duquel il ne comptait nullement
venait de lui laisser quatre-vingt mille livres de rentes en
mourant. Oh ciel, me dis-je en l'apprenant, est-ce donc ainsi
que la justice céleste punit le complot des forfaits ? j'ai pensé
perdre la vie pour en avoir refusé un bien inférieur à celui-ci,
où l'on veut m'engager aujourd'hui, et voilà cet homme au
pinacle pour en avoir conçu un atroce. Mais me repentant
aussitôt de ce blasphème envers la providence, je me jetai à
genoux, j'en demandai pardon à Dieu et me flattai que cette
succession inattendue allait au moins faire changer les projets du marquis... Quelle était mon erreur, grand Dieu !

— O ma chère Sophie, me dit M. de Bressac en accourant
dès le même soir dans ma chambre, comme les prospérités
pleuvent sur moi ! Je te l'ai dit vingt fois, il n'est rien de tel
que de concevoir un crime pour faire arriver le bonheur, il

semble que ce ne soit qu'aux scélérats que s'ouvre aujourd'hui sa carrière. Quatre-vingts et soixante, mon enfant, voilà cent quarante mille livres de rentes qui vont servir à mes plaisirs.

— Eh quoi, monsieur, répondis-je étonnée, cette fortune inattendue ne vous décide pas à attendre patiemment cette mort que vous voulez hâter?

— Attendre, je n'attendrai pas deux minutes, Sophie: songes-tu que j'ai vingt-huit ans et qu'il est bien dur d'attendre à mon âge? Que ceci ne change rien à nos projets, je t'en supplie, et que nous ayons la consolation de terminer tout ceci, avant l'époque de notre retour à Paris... Tâche que ce soit demain, après-demain au plus tard, il me tarde déjà de te compter un quartier de ta pension et de te mettre en possession du total.

Je fis de mon mieux pour déguiser l'horreur que m'inspirait cet acharnement. Je repris mes résolutions de la veille quelqu'embarrassant que de nouvelles réflexions m'en démontrassent pourtant le succès, car si je n'exécutais pas, le marquis s'apercevrait bientôt que je le jouais; si j'avertissais Mme de Bressac, quelque parti que lui fît prendre la révélation de ce crime, le jeune homme se voyait toujours trompé et se décidait bientôt à des partis plus sûrs qui faisaient également périr la mère et qui m'exposaient à toute la vengeance du fils. Il me restait la voie de la justice, mais pour rien au monde je n'eusse consenti à la prendre; je me déterminai donc, quelque chose qui pût en arriver, à prévenir la comtesse; de tous les partis possibles celui-là me parut le meilleur et je m'y livrai.

— Madame, lui dis-je, le lendemain de ma dernière entrevue avec le marquis, j'ai quelque chose de la plus grande conséquence à vous révéler, mais à quelque point que cela vous touche, je suis décidée au silence, si vous ne me donnez avant votre parole d'honneur de ne témoigner à M. votre fils aucun ressentiment de ce qu'il a l'audace de projeter; vous agirez, madame, vous prendrez le meilleur parti, mais vous ne direz mot, daignez me le promettre ou je me tais.

Mme de Bressac, qui crut qu'il ne s'agissait que de quelques extravagances ordinaires à son fils, s'engagea par le serment que j'exigeais, et alors je lui révélai tout. Cette malheureuse mère fondit en larmes en apprenant cette infamie.

— Le scélérat, s'écria-t-elle, qu'ai-je jamais fait que pour son bien? si j'ai voulu prévenir ses vices ou l'en corriger, quels autres motifs que son bonheur et sa tranquillité pouvaient m'engager à cette rigueur? A qui doit-il cette succession qui vient de lui échoir, si ce n'est à mes soins? Si je [le] lui cachais, c'était par délicatesse. Ah, quel homme! ô Sophie, prouve-moi bien la noirceur de son projet, mets-moi dans la situation de n'en pouvoir plus douter, j'ai besoin de tout ce qui peut achever d'éteindre dans mon cœur les sentiments de la nature...

Et alors je fis voir à la comtesse le paquet de poison dont il m'avait chargée; nous en fîmes avaler une légère dose à un chien que nous enfermâmes avec soin et qui mourut au bout de deux heures dans des convulsions épouvantables. La comtesse ne pouvant plus douter se décida sur-le-champ; elle m'ordonna de lui donner le reste du poison et écrivit dans l'instant par un courrier au duc de Sonzeval son parent, de se rendre chez le ministre en secret, d'y développer la noirceur dont elle était à la veille d'être victime, de se munir d'une lettre de cachet pour son fils, d'accourir à sa terre avec cette lettre et de la délivrer le plus tôt possible du monstre qui conspirait contre ses jours... Mais il était écrit dans le ciel que cet abominable crime s'exécuterait et que la vertu humiliée devait céder aux efforts de la scélératesse.

Le malheureux chien sur lequel nous avions fait notre épreuve découvrit tout au marquis. Il l'entendit hurler; sachant qu'il était aimé de sa mère, il demanda avec empressement ce qu'avait ce chien et où il était. Ceux à qui il s'adressa, ignorant tout, ne lui répondirent pas. De ce moment sans doute il forma des soupçons; il ne dit mot, mais je le vis inquiet, agité, et aux aguets tout du long du jour. J'en fis part à la comtesse, mais il n'y avait pas à balancer, tout ce qu'on pouvait faire était de presser le courrier et de cacher l'objet de sa mission. Ma maîtresse dit à son fils qu'elle envoyait en grande hâte à Paris, prier le duc de Sonzeval de se mettre sur-le-champ à la tête de la succession de l'oncle dont on venait d'hériter, parce que si quelqu'un ne paraissait pas dans la minute, il y avait des procès à craindre; qu'elle engageait le duc à venir lui rendre compte de tout afin qu'elle se décidât elle-même à partir avec son fils si l'affaire l'exigeait. Le marquis, trop bon physionomiste pour ne pas voir de l'embarras sur le visage de sa mère, pour ne pas observer un peu de confusion dans le mien, se paya de tout et n'en fut que plus sûrement sur ses gardes. Sous le prétexte d'une partie de promenade avec ses mignons, il s'éloigne du château, il attend le courrier dans un lieu où il devait inévitablement passer. Cet homme, bien plus à lui qu'à sa mère, ne fait aucune difficulté de lui remettre ses dépêches, et le marquis, convaincu de ce qu'il appelait sans doute ma trahison, donne cent louis au courrier avec ordre de ne jamais reparaître dans la maison, et y revient la rage dans le cœur. Mais en se contenant néanmoins de son mieux, il me rencontre, il me cajole à son ordinaire, me demande si ce sera pour demain, me fait observer qu'il est essentiel que cela soit avant que le duc n'arrive, et se couche tranquille et sans rien témoigner. Si ce malheureux crime se consomma, comme le marquis me l'apprit bientôt, ce ne put être que de la façon que je vais dire... Madame prit son chocolat le lendemain suivant son usage, et comme il n'avait passé que par mes mains, je suis bien sûre qu'il était sans mélange ; mais le marquis entra vers les dix heures du matin dans la cuisine, et n'y trouvant pour lors que le chef, il lui ordonna d'aller sur-le-champ lui chercher des figues. Le cuisinier se défendit sur l'impossibilité de quitter ses fourneaux, le marquis insista et dit qu'il veillerait aux mets. Le chef sort, le marquis examine tous les plats du dîner, et jette vraisemblablement dans des cardes que Madame aimait avec passion la fatale drogue qui devait trancher le fil de ses jours. Je ne vous donne tout ceci que pour des soupçons ; M. de Bressac m'assura dans la malheureuse suite de cette aventure que son coup était exécuté, et mes combinaisons ne m'ont offert que ce moyen par lequel il lui ait été possible d'y parvenir. Mais laissons ces conjectures horribles et venons à la manière cruelle dont je fus punie de n'avoir pas voulu participer à cette horreur et de l'avoir révélée... Dès qu'on est hors de table, le marquis m'aborde :

— Écoute, Sophie, me dit-il avec tout le flegme apparent de la tranquillité, j'ai trouvé un moyen plus sûr que celui que je t'avais proposé pour venir à bout de mes projets, mais cela demande du détail ; je n'ose aller si souvent dans ta chambre, je crains les yeux de tout le monde ; trouve-toi à quatre heures précises au coin du parc, je t'y prendrai, et nous irons faire ensemble une grande promenade pendant laquelle je t'expliquerai tout.

Je l'avoue, soit permission de la providence, soit excès de candeur, soit aveuglement, rien ne m'annonçait l'affreux malheur qui m'attendait ; je me croyais si sûre du secret et

des arrangements de la comtesse que je n'imaginai jamais
que le marquis eût pu les découvrir. Il y avait pourtant de
l'embarras dans moi :

Le parjure est vertu quand on punit le crime

a dit un de nos poètes tragiques, mais le parjure est toujours
odieux pour l'âme délicate et sensible qui se trouve obligée
d'y avoir recours; mon rôle m'embarrassait, ça ne fut pas
long. Les odieux procédés du marquis, en me donnant
d'autres sujets de douleur, me tranquillisèrent bientôt sur
ceux-là. Il vint à moi de l'air du monde le plus gai, et nous
avançâmes dans la forêt sans qu'il fît autre chose que rire et
plaisanter comme il avait coutume de faire. Quand je voulais
mettre la conversation sur l'objet qui lui avait fait désirer
mon entretien, il me disait toujours d'attendre, qu'il croyait
qu'on nous observât et que nous n'étions pas encore en
sûreté. Insensiblement nous arrivâmes vers ce buisson et ce
gros chêne, où il m'avait rencontrée pour la première fois; je
ne pus m'empêcher de frémir en revoyant ces lieux, mon
imprudence et toute l'horreur de mon sort semblèrent se
présenter alors à mes regards dans toute leur étendue, et
jugez si ma frayeur redoubla quand je vis au pied du funeste
chêne où j'avais déjà essuyé une si terrible crise, deux des
jeunes mignons du marquis qui passaient pour ceux qu'il
chérissait le plus. Ils se levèrent quand nous approchâmes, et
jetèrent sur le gazon des cordes, des nerfs de bœuf et autres
instruments qui me firent frémir. Alors le marquis ne [se]
servant plus avec moi que des épithètes les plus grossières et
les plus horribles :

— B..., me dit-il sans que les jeunes gens pussent
l'entendre encore, reconnais-tu ce buisson dont je t'ai tirée
comme une bête sauvage pour te rendre ta vie que tu avais
mérité de perdre ? Reconnais-tu cet arbre, où je te menaçai de
te remettre si tu me donnais jamais sujet de me repentir de
mes bontés ? Pourquoi acceptais-tu les services que je te
demandais contre ma mère si tu avais dessein de me trahir, et
comment as-tu imaginé servir la vertu en risquant la liberté
de celui à qui tu devais la vie ? Nécessairement placée entre
deux crimes, pourquoi as-tu choisi le plus abominable ? Tu
n'avais qu'à me refuser ce que je te demandais, et non pas
l'accepter pour me trahir.

Alors le marquis me conta tout ce qu'il avait fait pour
surprendre les dépêches du courrier et quelle était la cause
des soupçons qui l'y avaient engagé.

— Qu'as-tu fait par ta fausseté, indigne créature? continua-t-il, tu as risqué tes jours sans conserver ceux de ma mère, le coup est fait et j'espère à mon retour voir mes succès amplement couronnés. Mais il faut que je te punisse, il faut que je t'apprenne que le sentier de la vertu n'est pas toujours le meilleur et qu'il y a des positions dans le monde où la complicité d'un crime est préférable à sa délation. Me connaissant comme tu devais me connaître, comment as-tu osé te jouer à moi? t'es-tu figuré que le sentiment de la pitié que n'admit jamais mon cœur que pour l'intérêt de mes plaisirs, ou que quelques principes de religion que je foulai constamment aux pieds, seraient capables de me retenir...? ou peut-être as-tu compté sur tes charmes? ajouta-t-il avec le ton du plus cruel persiflage... Eh bien, je vais te prouver que ces charmes, aussi dévoilés qu'ils peuvent l'être, ne serviront qu'à mieux allumer ma vengeance.

Et sans me donner le temps de répondre, sans témoigner la moindre émotion pour le torrent de larmes dont il me voyait inondée, m'ayant fortement saisi le bras et me traînant à ses satellites :

— La voilà, leur dit-il, celle qui a voulu empoisonner ma mère et qui peut-être a déjà commis ce crime affreux, quels qu'aient été mes soins pour le prévenir ; j'aurais peut-être mieux fait de la remettre entre les mains de la justice, mais elle y aurait perdu la vie, et je veux la lui laisser pour qu'elle ait plus longtemps à souffrir ; dépouillez-la promptement et liez-la le ventre à cet arbre, que je la châtie comme elle mérite de l'être.

L'ordre fut presque aussitôt exécuté que donné, on me mit un mouchoir sur la bouche, on me fit embrasser étroitement l'arbre, et on m'y garrotta par les épaules et par les jambes, laissant le reste du corps sans liens, pour que rien ne pût le garantir des coups qu'il allait recevoir. Le marquis, étonnamment agité, s'empara d'un nerf de bœuf ; avant de frapper, le cruel voulut observer ma contenance ; il eût dit qu'il repaissait ses yeux et de mes larmes et des caractères de douleur ou d'effroi qui s'imprégnaient sur ma physionomie... Alors il passa derrière moi à environ trois pieds de distance et je me sentis à l'instant frappée de toutes les forces qu'il était possible d'y mettre, depuis le milieu du dos jusqu'au gras des jambes. Mon bourreau s'arrêta une minute, il toucha brutalement de ses mains toutes les parties qu'il venait de meurtrir... je ne sais ce qu'il dit bas à un de ses satellites, mais dans l'instant on me couvrit la tête d'un mouchoir qui ne me laissa plus le pouvoir d'observer aucun de leurs mouvements; il s'en fit pourtant plusieurs derrière moi avant la reprise des nouvelles scènes sanglantes où j'étais encore destinée... *Oui, bien, c'est cela*, dit le marquis, et à peine cette parole où je ne comprenais rien fût-elle prononcée, que les coups recommencèrent avec plus de violence; il se fit encore une suspension, les mains se reportèrent une seconde fois sur les parties lacérées, on se parla bas encore. Un des jeunes gens dit haut : *Ne suis-je pas mieux ainsi?*... Bressac ému répondit : oui, et ces nouvelles paroles également incompréhensibles pour moi furent suivies d'une troisième attaque encore plus vive que les autres, et pendant laquelle Bressac dit à deux ou trois reprises consécutives [ces] mots, enlacés de jurements affreux : *Allez donc, allez donc tous les deux, ne voyez-vous bien que je veux la faire mourir de ma main sur la place?* Ces mots prononcés par des gradations toujours plus fortes terminèrent cette insigne boucherie, on se parla encore quelques minutes bas, j'entendis de nouveaux mouvements, et je sentis mes liens se détacher. Enfin mon sang dont je vois le gazon couvert m'apprit l'état dans lequel je devais être; le marquis était seul, ses aides avaient disparu...

— Eh bien, catin, me dit-il en me regardant, la vertu n'est-elle pas un peu chère, et deux mille écus de pension ne valaient-ils pas bien cent coups de nerf de bœuf?...

Je me jetai au pied de l'arbre, j'étais prête à perdre connaissance... le scélérat, pas encore satisfait des horreurs où il venait de se porter, me foula de ses pieds sur la terre et m'y pressa jusqu'à m'étouffer.

— Je suis bien bon de te sauver la vie, répéta-t-il deux ou trois fois, prends garde au moins à l'usage que tu feras de mes nouvelles bontés...

Alors il m'ordonna de me relever et de reprendre mes vêtements, et comme le sang coulait de partout, pour que mes habits, les seuls qui me restaient, ne s'en trouvassent point tachés, je ramassai machinalement de l'herbe pour m'essuyer. Cependant il se promenait en long et en large et me laissant faire, plus occupé de ses idées que de moi. Le gonflement de mes chairs, le sang qui coulait encore, les douleurs cruelles que j'endurais, tout me rendit presque impossible l'opération de me rhabiller et jamais l'homme féroce auquel j'avais affaire, jamais ce monstre qui venait de me mettre dans ce cruel état, lui pour lequel j'aurais donné

ma vie il y avait quelques jours, jamais le plus léger sentiment de commisération ne l'engagea seulement à m'aider;
dès que je fus prête, il m'approcha.

— Allez où vous voudrez, me dit-il, il doit vous rester de
l'argent dans votre poche, je ne vous l'ôte point, mais gardez-
vous de reparaître chez moi ni à Paris, ni à la campagne.
Vous allez publiquement passer, je vous en avertis, pour la
meurtrière de ma mère; si elle respire encore, je vais lui faire
emporter cette idée au tombeau; toute la maison le saura; je
vous dénoncerai à la justice. Paris devient donc d'autant plus
inhabitable pour vous que votre première affaire que vous y
avez crue finie n'a été qu'assoupie, je vous en préviens. On
vous a dit qu'elle n'existait plus, mais on vous a trompée; le
décret n'a point été purgé; on vous laissait dans cette situation pour voir comment vous vous conduiriez. Vous avez
donc maintenant deux procès au lieu d'un, et à la place du vil
usurier pour partie adverse un homme riche et puissant,
déterminé à vous poursuivre jusqu'aux enfers, si vous abusez
par des plaintes calomniatrices de la vie que je veux bien
vous laisser.

— Oh, monsieur, répondis-je, quelles qu'aient été vos
rigueurs envers moi, ne craignez rien de mes démarches; j'ai
cru devoir en faire contre vous quand il était question de la
vie de votre mère, je n'en entreprendrai jamais quand il ne
s'agira que de la malheureuse Sophie. Adieu, monsieur,
puissent vos crimes vous rendre aussi heureux que vos cruautés me causent de tourments, et quel que soit le sort où le ciel
vous place, tant qu'il daignera conserver mes déplorables
jours, je ne les emploierai qu'à l'implorer pour vous.

Le marquis leva la tête, il ne put s'empêcher de me considérer à ces mots, et comme il me vit couverte de larmes,
pouvant à peine me soutenir, dans la crainte de s'émouvoir,
le cruel s'éloigna et ne tourna plus ses regards de mon côté.
Dès qu'il eut disparu, je me laissai tomber à terre et là
m'abandonnant à toute ma douleur, je fis retenir l'air de mes
gémissements, et j'arrosai l'herbe de mes larmes :

— O mon dieu, m'écriai-je, vous l'avez voulu, il était dans
votre volonté que le faible et l'innocent devinssent encore la
proie du crime et de l'impunité; disposez de moi, seigneur, je
suis encore bien loin des maux que vous avez soufferts pour
nous; puissent ceux que j'endure en vous glorifiant me
rendre digne un jour des récompenses que vous promettez au
faible quand il vous a toujours pour objet dans ses tribulations et qu'il vous glorifie dans ses peines!

Il faisait tout à fait sombre, j'étais hors d'état d'aller plus loin, à peine pouvais-je me soutenir ; je me ressouvins du buisson où j'avais passé la nuit quatre ans auparavant dans une situation bien moins malheureuse sans doute, je m'y traînai comme je pus et m'y étant couchée à la même place, tourmentée de mes blessures encore saignantes, accablée des maux de mon esprit et des chagrins de mon cœur, j'y passai la plus cruelle nuit qu'il soit possible d'imaginer. La vigueur de mon âge et de mon tempérament m'ayant donné un peu de force au point du jour, trop effrayée du voisinage de ce cruel château, je m'en éloignai promptement, je quittai la forêt et résolue de gagner à tout hasard les premières habitations qui s'offriraient à moi, j'entrai dans le bourg de Clayes éloigné de Paris d'environ six lieues. Je demandai la maison du chirurgien, on me l'indiqua ; je le priai de me panser, je lui dis, en me donnant un autre nom, que fuyant pour quelque cause d'amour la maison de ma mère à Paris, j'étais malheureusement tombée dans cette forêt, où des scélérats m'avaient traitée comme il le voyait ; il me soigna, aux conditions que je ferais une déposition au greffier du village ; j'y consentis ; vraisemblablement on fit des recherches dont je n'entendis jamais parler, et le chirurgien ayant bien voulu que je logeasse chez lui jusqu'à ma guérison, il s'y employa avec tant d'art qu'avant un mois je fus parfaitement rétablie.

Dès que l'état où j'étais me permit de prendre l'air, mon premier soin fut de tâcher de trouver dans le village quelque jeune fille assez adroite et assez intelligente pour aller au château de Bressac s'informer de tout ce qui s'y était passé de nouveau depuis mon départ. La curiosité n'était pas le seul motif qui me déterminait à cette démarche ; cette curiosité, peut-être dangereuse, eût assurément été déplacée, mais le peu d'argent que j'avais gagné chez la comtesse était resté dans ma chambre, à peine avais-je six louis sur moi et j'en possédais près de trente au château. Je n'imaginais pas que le marquis fût assez cruel pour me refuser ce qui était à moi aussi légitimement, et j'étais convaincue que sa première fureur passée, il ne me ferait pas une seconde injustice ; j'écrivis une lettre aussi touchante que je le pus... Hélas, elle ne l'était que trop, mon cœur triste y parlait peut-être encore malgré moi en faveur de ce monstre ; je lui cachais soigneusement le lieu que j'habitais, et le suppliais de me renvoyer mes effets et le peu d'argent qui se trouverait à moi dans ma chambre. Une jeune paysanne de vingt à vingt-cinq ans, fort vive et fort spirituelle, me promit de se charger de ma lettre, et de faire assez d'informations sous main pour pouvoir me satisfaire à son retour sur tous les différents objets sur lesquels je la prévins que je l'interrogerais ; je lui recommandai expressément de cacher le lieu dont elle venait, de ne parler de moi en quoi que ce soit, de dire qu'elle tenait la lettre d'un homme qui l'apportait de plus de quinze lieues de là. Jeannette partit, c'était le nom de ma courrière, et vingt-quatre heures après elle me rapporta ma réponse. Il est essentiel, madame, de vous instruire de ce qui s'était passé chez le marquis de Bressac, avant que de vous faire voir le billet que j'en reçus.

La comtesse, sa mère, tombée grièvement malade le jour de ma sortie du château, était morte subitement la même nuit. Qui que ce soit n'était venu de Paris au château, et le marquis dans la plus grande désolation (le fourbe !) prétendait que sa mère avait été empoisonnée par une femme de chambre qui s'était évadée le même jour et que l'on nommait Sophie ; on faisait des recherches de cette femme de chambre ; et l'intention était de la faire périr sur un échafaud si on la trouvait. Au reste le marquis se trouvait par cette succession beaucoup plus riche qu'il ne l'avait cru, et les coffres-forts, les pierreries de Mme de Bressac, tous objets dont on avait peu de connaissance, mettaient le marquis, indépendamment des revenus, en possession de plus de six cent mille francs ou d'effets ou d'argent comptant. Au travers de sa douleur affectée, il avait, disait-on, bien de la peine à cacher sa joie, et les parents convoqués pour l'ouverture du corps exigée par le marquis, après avoir déploré le sort de la malheureuse comtesse, et juré de la venger si celle qui avait commis un tel crime pouvait tomber entre leurs mains, avaient laissé le jeune homme en pleine et paisible possession du fruit de sa scélératesse. M. de Bressac avait parlé lui-même à Jeannette, il lui avait fait différentes questions auxquelles la jeune fille avait répondu avec tant de fermeté et de franchise qu'il s'était déterminé à lui faire une réponse, sans la presser davantage.

— La voilà, cette fatale lettre, dit Sophie en la sortant de sa poche, la voilà, madame, elle est quelquefois nécessaire à mon cœur et je la conserverai jusqu'à mon dernier soupir ; lisez-la si vous le pouvez sans frémir.

Mme de Lorsange, ayant pris le billet des mains de notre belle aventurière, y lut les mots suivants.

« Une scélérate capable d'avoir empoisonné ma mère est
bien hardie d'oser m'écrire après cet exécrable forfait. Ce
qu'elle fait de mieux est de bien cacher sa retraite ; elle peut
être sûre que l'on l'y troublera si on l'y découvre. Qu'ose-
t-elle réclamer... que parle-t-elle d'argent et d'effets ? Ce
qu'elle a pu laisser équivaut-il les vols qu'elle a faits, ou
pendant son séjour dans la maison, ou en consommant son
dernier crime ? Qu'elle évite un second envoi pareil à celui-ci,
car on lui déclare qu'on ferait arrêter son commissionnaire
jusqu'à ce que le lieu qui recèle la coupable fût connu de la
justice. »

— Continuez, ma chère enfant, dit Mme de Lorsange en
rendant le billet à Sophie, voilà des procédés qui font horreur... Nager dans l'or et refuser à une malheureuse qui n'a
pas voulu concourir à un crime ce qu'elle a légitimement
gagné, est une horreur qui n'a point d'exemple.

— Hélas, madame, continua Sophie en reprenant la suite
de son histoire, je fus deux jours à pleurer sur cette malheureuse lettre, et je gémissais bien plus des procédés horribles qu'elle peignait que des refus qu'elle contenait. Me
voilà donc coupable, m'écriai-je, me voilà donc une seconde
fois déférée à la justice pour avoir trop respecté ses décrets...
Soit, je ne m'en repens pas ; quelque chose qui puisse m'arriver, je ne connaîtrai ni la douleur morale, ni les remords,
tant que mon âme sera pure, et que je n'aurai d'autres torts
que d'avoir trop écouté les sentiments d'équité et de vertu qui
ne m'abandonneront jamais.

Il m'était cependant impossible d'imaginer que les
recherches dont le marquis me menaçait fussent bien réelles ;
elles avaient si peu de vraisemblance, il était si dangereux
pour lui de me faire paraître en justice que j'imaginai qu'il
devait au-dedans de lui-même se trouver infiniment plus
effrayé de ma présence auprès de lui, si jamais il venait à la
découvrir, que je ne devais frémir de ses menaces. Ces
réflexions me décidèrent à rester dans l'endroit même où je
me trouvais, et à m'y placer si je le pouvais, jusqu'à ce que
mes fonds un peu plus accrus me permissent de m'éloigner.
M. Rodin, c'était le nom du chirurgien chez lequel j'étais, me
proposa lui-même de le servir. C'était un homme de trente-
cinq ans, d'un caractère dur, brusque, brutal, mais jouissant
d'ailleurs dans tout le pays d'une excellente réputation ;
passant pour un homme habile dans l'art qu'il professait,
n'ayant aucune femme chez lui, il était bien aise, en rentrant,

d'en trouver une qui prît soin de son ménage et de sa personne; il m'offrait deux cents francs par an et quelques profits de ses pratiques, je consentis à tout. M. Rodin possédait une connaissance trop exacte de mon physique pour ignorer que je n'avais jamais vu d'homme, il était également instruit du désir extrême que j'avais de me conserver toujours pure, il m'avait promis de ne me jamais tracasser sur cet objet; en conséquence nos arrangements mutuels furent bientôt pris... mais je ne me confiai point à mon nouveau maître, et il ignora toujours qui j'étais.

Il y avait deux ans que j'étais dans cette maison sans que mon maître eût exigé autre chose de moi que ce qui concernait mon devoir, c'est une justice que je dois lui rendre et quoique je ne laissasse pas que d'y avoir beaucoup de peine, la sorte de tranquillité d'esprit dont j'y jouissais m'y faisait presque oublier mes chagrins, lorsque le ciel qui ne voulait pas qu'une seule vertu pût émaner de mon cœur sans m'accabler aussitôt d'infortune, vint encore m'enlever à la triste félicité où je me trouvais un instant pour me replonger dans de nouveaux malheurs.

Me trouvant seule un jour à la maison, en parcourant divers endroits où mes soins m'appelaient, je crus entendre des gémissements sortir du fond d'une cave; je m'approche... je distingue mieux, j'entends les cris d'une jeune fille, mais une porte exactement fermée la séparait de moi; il me devenait impossible d'ouvrir le lieu de sa retraite. Mille idées me passèrent alors dans l'esprit... Que pouvait faire là cette créature? M. Rodin n'avait point d'enfants, je ne lui connaissais ni sœurs, ni nièces auxquelles il pût prendre intérêt, et qu'il eût pu mettre en punition; l'extrême régularité dans laquelle je l'avais vu vivre ne me permettait pas de croire que cette jeune fille fût destinée à ses débauches. Pour quel sujet l'enfermait-il donc? Étonnamment curieuse de résoudre ces difficultés, j'ose interroger cette enfant, je lui demande ce qu'elle fait là et qui elle est.

— Hélas, mademoiselle, me répond en pleurant cette infortunée, je suis la fille d'un charbonnier de la forêt, je n'ai que douze ans; ce monsieur qui demeure ici m'a enlevée hier, avec un de ses amis, dans un moment où mon père était éloigné; ils m'ont liée tous les deux, ils m'ont jetée dans un sac plein de son, au fond duquel je ne pouvais crier, ils m'ont mise sur un cheval en croupe et m'ont entrée hier au soir de nuit dans cette maison; ils m'ont déposée tout de suite dans

cette cave; je ne sais ce qu'ils veulent faire de moi, mais en
arrivant, ils m'ont fait mettre nue, ils ont examiné mon corps,
ils m'ont demandé mon âge, et celui enfin qui avait l'air
d'être le maître de la maison a dit à l'autre qu'il fallait
remettre l'opération à après-demain au soir, à cause de mon
effroi, qu'un peu tranquillisée, leur expérience serait meilleure, et que je remplissais bien au reste toutes les conditions
qu'il fallait *au sujet*.

Cette petite fille se tut après ces mots et recommença à
pleurer avec plus d'amertume; je l'engageai à se calmer et lui
promis mes soins. Il me devenait assez difficile de
comprendre ce que M. Rodin et son ami, chirurgien comme
lui, prétendaient faire de cette infortunée; cependant le mot
de *sujet*, que je leur entendais souvent prononcer dans
d'autres occasions, me fit à l'instant soupçonner qu'il se
pouvait fort bien qu'ils eussent l'effroyable projet de faire
quelque dissection anatomique sur le corps vivant de cette
malheureuse fille; avant que d'adopter cette cruelle opinion,
je résolus pourtant de m'éclairer mieux. Rodin rentre avec
son ami, ils soupent ensemble, ils m'éloignent, je fais semblant de leur obéir, je me cache, et leur conversation ne me
convainc que trop du projet horrible qu'ils méditent.

— Jamais, dit l'un d'eux, cette partie de l'anatomie ne sera
parfaitement connue, qu'elle ne soit examinée avec le plus
grand soin sur un sujet de douze ou treize ans ouvert à
l'instant du contact de la douleur sur les nerfs; il est odieux
que de futiles considérations arrêtent ainsi le progrès des
arts... Eh bien, c'est un sujet de sacrifié pour en sauver des
millions; doit-on balancer à ce prix? Le meurtre opéré par
les lois est-il d'une autre espèce que celui qui va se commettre
dans notre opération, et l'objet de ces lois si sages n'est-il pas
le sacrifice d'un pour sauver mille? Que rien ne nous arrête
donc.

— Oh, pour moi, j'y suis décidé, reprit Rodin, et il y a bien
longtemps que je l'aurais fait, si je l'avais osé tout seul. Cette
malheureuse enfant née pour l'infortune est-elle dans le cas
de regretter la vie? C'est un service à rendre à elle et à sa
famille.

— On nous l'aurait donnée pour de l'argent si nous
l'avions demandée. J'ai pour principe, mon ami, que tous les
sujets de classe avilie ne sont bons qu'à des expériences; c'est
sur eux que nous devons apprendre, par des essais, à conserver des pratiques précieuses et qui doivent nous rapporter de

l'argent. Puissé-je avoir autant de rouleaux d'or que j'ai vu faire et que j'ai fait moi-même de ces sortes d'épreuves quand je travaillais à l'hôpital.

Je ne vous rendrai point le reste de la conversation ; ne portant plus que sur des choses de l'art, elle a passé de mon esprit, mais dès ce moment je ne m'occupai qu'à sauver à tel prix que ce fût cette malheureuse victime d'un art précieux à tous égards sans doute, mais dont les progrès me semblaient trop chèrement payés au prix du sacrifice de l'innocence. Les deux amis se séparèrent et Rodin se coucha sans dire un mot. Le lendemain, jour destiné à cette cruelle immolation, il sortit comme à son ordinaire, en me disant qu'il ne rentrerait que pour souper avec son ami comme la veille ; à peine fut-il dehors que je ne pensai plus qu'à mon projet... Le ciel le servit, mais oserais-je dire si ce fut l'innocence sacrifiée qu'il secourut ou l'acte de pitié de la malheureuse Sophie qu'il eut dessein de punir ?... Je dirai le fait, vous voudrez bien décider la question, madame, tellement accablée par la main de cette inexplicable providence, il me devient impossible de scruter ses intentions sur moi ; j'ai tâché de seconder ses vues, j'en ai été barbarement punie, c'est tout ce que je puis dire.

Je descends à la cave, j'interroge de nouveau cette petite fille... toujours mêmes discours, toujours mêmes craintes ; je lui demande si elle sait où l'on place la clé quand on sort de sa prison... Je l'ignore, me répond-elle, mais je crois qu'on l'emporte... Je cherche à tout événement, lorsque quelque chose dans le sable se fait sentir à mes pieds, je me baisse... c'est ce que je cherche, j'ouvre la porte... La pauvre petite malheureuse se jette à mes genoux, elle arrose mes mains des larmes de sa reconnaissance, et sans me douter de tout ce que je risque, sans réfléchir au sort auquel je dois m'attendre, je ne m'occupe que de faire évader cette enfant, je la fais heureusement sortir du village sans rencontrer personne, je la remets dans le chemin du bois, et je l'embrasse en jouissant comme elle et de son bonheur et de celui qu'elle va faire goûter à son père en reparaissant à ses yeux. A l'heure dite nos deux chirurgiens rentrent, pleins d'espoir d'exécuter leurs odieux projets ; ils soupent avec autant de gaieté et de promptitude, et descendent à la cave dès qu'ils ont fini. Je n'avais pris d'autre précaution pour cacher ce que j'avais fait que de briser la serrure, et de remettre la clé où je l'avais trouvée, afin de faire croire que la petite fille s'était sauvée toute seule, mais ceux que je voulais tromper n'étaient pas gens à se laisser si facilement aveugler... Rodin remonte furieux, il se jette sur moi et m'accablant de coups, il me demande ce que j'ai fait de l'enfant qu'il avait enfermée; je commence par nier... et ma malheureuse franchise finit par me faire tout dire. Rien n'égale alors les expressions dures et emportées dont ces deux scélérats se servent; l'un proposa de me mettre à la place de l'enfant, l'autre des supplices encore plus effrayants, et ces propos et ces projets, tout cela s'entremêle de coups qui me renvoyant de l'un à l'autre m'étourdissent bientôt au point de me faire tomber à terre sans connaissance. Leur rage alors devient plus tranquille. Rodin me rappelle à la vie et dès que j'ai repris mes sens, ils m'ordonnent de me mettre nue. J'obéis en tremblant; il met un fer au feu.

— Ce n'est pas tout, dit ce cruel, en mettant un fer au feu, je l'ai prise *fouettée*, je veux la renvoyer *marquée*.

Et en disant cela, l'infâme, pendant que son ami me tient, m'applique derrière l'épaule le fer ardent, dont on marque les voleurs...

— Qu'elle ose paraître à présent, la catin, qu'elle l'ose, dit Rodin furieux, et en montrant cette lettre ignominieuse, je légitimerai suffisamment les raisons qui me l'ont fait renvoyer avec tant de secret et de promptitude.

Cela dit, les deux amis me prennent; il était nuit; ils me conduisent au bord de la forêt et m'y abandonnent cruellement après m'avoir fait entrevoir encore tout le danger d'une récrimination contre eux, si je veux l'entreprendre dans l'état d'avilissement où je me trouve.

Toute autre que moi se fût peu effrayée de cette menace; dès qu'on pouvait prouver que le traitement que je venais d'essuyer n'était l'ouvrage d'aucuns tribunaux, qu'avais-je à craindre? Mais ma faiblesse, ma candeur ordinaire, l'effroi de mes malheurs de Paris et du château de Bressac, tout m'étourdit, tout m'effraya et je ne pensai qu'à m'éloigner de ce fatal endroit dès que les douleurs que j'éprouvais seraient un peu calmées; comme ils avaient soigneusement pansé les plaies qu'ils avaient faites, elles le furent dès le lendemain matin, et après avoir passé sous un arbre une des plus affreuses nuits de ma vie, je me mis en marche dès que le soleil fut levé. Je fis beaucoup de chemin les premiers jours, mais ne m'orientant point, ne demandant rien, je ne fis que tourner autour de Paris, et le quatrième soir de ma marche, je ne me trouvai qu'à Lieusaint; sachant que cette route pouvait me conduire vers les provinces méridionales de la France, je résolus de la suivre, et de gagner comme je pourrais ces pays éloignés, m'imaginant que la paix et le repos si cruellement refusés pour moi dans ma patrie m'attendaient peut-être au bout du monde.

Fatale erreur! et que de chagrins il me restait à éprouver encore! Ma fortune, bien plus médiocre chez Rodin que chez le marquis de Bressac, ne m'avait pas obligée à mettre une partie de mes fonds de côté; j'avais heureusement tout sur moi, c'est-à-dire environ dix louis, somme à quoi se montaient et ce que j'avais sauvé de chez Bressac, et ce que j'avais gagné chez le chirurgien. Dans l'excès de mon malheur, je me trouvais encore heureuse de ce qu'on ne m'avait pas enlevé ces secours et je me flattai qu'ils me conduiraient au moins jusqu'à ce que je fusse en situation de pouvoir trouver quelque place. Les infamies qui m'avaient été faites ne paraissant point à découvert, j'imaginai pouvoir les déguiser toujours, et que leur flétrissure ne m'empêcherait pas de gagner ma vie; j'avais vingt-deux ans, une santé robuste quoique fluette et mince, une figure dont pour mon malheur on ne faisait que trop d'éloges, quelques vertus qui quoiqu'elles m'eussent toujours nui, me consolaient pourtant dans mon intérieur et me faisaient espérer qu'enfin la providence leur accorderait sinon quelques récompenses, au moins quelques suspensions aux maux qu'elles m'avaient attirés. Pleine d'espérance et de courage, je continuai ma route jusqu'à Sens; là je résolus de me reposer quelques jours. Une semaine me remit entièrement; peut-être eussé-je trouvé quelque place dans cette ville, mais pénétrée de la nécessité de m'éloigner, je ne voulus pas même en faire demande, je poursuivis ma route, avec le dessein de chercher fortune en Dauphiné; j'avais beaucoup entendu parler de ce pays dans mon enfance, je m'y figurai le bonheur; vous verrez comme j'y réussis.

Dans aucune circonstance de ma vie les sentiments de religion ne m'avaient abandonnée; méprisant les vains sophismes des esprits forts, les croyant tous émanés du libertinage bien plus que d'une ferme persuasion, je leur opposais ma conscience et mon cœur, et trouvais au moyen de l'une et de l'autre tout ce qu'il fallait pour y répondre. Forcée quelquefois par mes malheurs de négliger mes devoirs de piété, je réparais ces torts aussitôt que j'en trouvais l'occasion. Je venais de partir d'Auxerre le 7 de juin, je n'en oublierai jamais l'époque, j'avais fait environ deux lieues et

la chaleur commençant à me gagner, je résolus de monter sur
une petite éminence couverte d'un bouquet de bois, un peu
éloignée du chemin vers la gauche, à dessein de m'y rafraî-
chir et d'y sommeiller une couple d'heures, à moins de frais
que dans une auberge et plus de sûreté que sur le grand
chemin. Je monte et m'établis au pied d'un chêne, où après
un déjeuner frugal composé d'un peu de pain et d'eau, je me
livre aux douceurs du sommeil; j'en jouis plus de deux
heures avec tranquillité. Et mes yeux ne furent pas plutôt
ouverts que je me plus à contempler le paysage qui s'offrait à
moi, toujours sur la gauche du chemin; du milieu d'une forêt
qui s'étendait à perte de vue, je crus voir à plus de trois lieues
de moi, un petit clocher s'élever modestement dans l'air :

— Douce solitude, me dis-je, que ton séjour me fait envie !
ce doit être là l'asile de quelques religieuses ou de quelques
saints ermites, uniquement occupés de leurs devoirs, entièrement consacrés à la religion, éloignés de cette société pernicieuse où le crime luttant sans cesse contre l'innocence, vient
sans cesse toujours à bout d'en triompher; je suis presque
sûre que toutes les vertus doivent habiter là.

J'étais occupée de ces réflexions, lorsqu'une jeune fille de
mon âge, gardant quelques moutons près de là, s'offrit tout à
coup à ma vue; je l'interrogeai sur cette habitation, elle me
dit que ce que je voyais était un couvent de récollets, occupé
par quatre solitaires, dont rien n'égalait la religion, la conti-
nence et la sobriété.

— On y va, me dit cette fille, une fois par an, en pèlerinage
pour une vierge miraculeuse dont les gens pieux obtiennent
tout ce qu'ils veulent.

Émue du désir d'aller aussitôt implorer quelques secours
aux pieds de cette sainte mère de Dieu, je demandai à cette
fille si elle voulait venir avec moi; elle me dit que cela lui
était impossible, que sa mère l'attendait incessamment chez
elle, mais que la route était facile, elle me l'indiqua et me dit
que le père gardien, le plus respectable et le plus saint des
hommes, non seulement me recevrait à merveille, mais
m'offrirait même des secours, si j'étais dans le cas d'en avoir
besoin.

— On le nomme le révérend père Raphaël, continua cette
fille, il est des environs de l'Italie, mais il a passé sa vie en
France, il se plaît dans cette solitude et il a refusé du pape
dont il est parent plusieurs excellents bénéfices; c'est un
homme d'une grande famille, doux, serviable, plein de zèle et

de piété, âgé de plus de cinquante ans et que tout le monde regarde comme un saint dans le pays.

Le récit de cette bergère m'ayant enflammée davantage encore, il me devint impossible de résister au désir que j'avais d'aller en pèlerinage à ce couvent et d'y réparer par le plus d'actes pieux que je pourrais toutes les négligences dont j'étais coupable. Quelque besoin que j'aie moi-même de charités, j'en fais à cette fille, et me voilà dans la route de *Sainte-Marie-des-Bois*, c'était le nom du couvent où je me dirigeais. Quand je me retrouvai dans la plaine, je n'aperçus plus le clocher, et n'eus pour me guider que la forêt ; je n'avais point demandé à la jeune bergère combien il y avait de lieues de l'endroit où je l'avais trouvée jusqu'à ce couvent et je m'aperçus bientôt que l'éloignement était bien autre que l'estimation que j'en avais faite. Mais rien ne me décourage, j'arrive au bord de la forêt, et voyant qu'il me reste encore assez de jour, je me détermine à m'y enfoncer, à peu près sûre d'arriver au couvent avant la nuit... Cependant aucune trace humaine ne s'offrit à mes yeux, pas une maison, et pour tout chemin un sentier très peu battu que je suivais à tout hasard ; j'avais au moins fait cinq lieues depuis la colline où j'avais cru que trois au plus devaient me rendre à ma destination, et je ne voyais encore rien s'offrir, lorsque le soleil étant prêt à m'abandonner, j'entendis enfin le son d'une cloche à moins d'une lieue de moi. Je me dirige vers le bruit, je me hâte, le sentier s'élargit un peu... et au bout d'une heure de chemin depuis l'instant où j'ai entendu la cloche, j'aperçois enfin quelques haies, et bientôt après le couvent. Rien de plus agreste que cette solitude ; aucune habitation ne l'avoisinait, la plus prochaine était à plus de six lieues, et de toute part il y avait au moins trois lieues de forêts ; elle était située dans un fond, il m'avait fallu beaucoup descendre pour y arriver, et telle était la raison qui m'avait fait perdre le clocher de vue dès que je m'étais trouvée dans la plaine. La cabane d'un frère jardinier touchait aux murs de l'asile intérieur, et c'était là qu'on s'adressait avant que d'entrer. Je demande à ce saint ermite s'il est permis de parler au père gardien... il me demande ce que je lui veux... je lui fais entendre qu'un devoir de religion... qu'un vœu m'attire dans cette retraite pieuse et que je serai bien consolée de toutes les peines que j'ai prises pour y parvenir, si je peux me jeter un instant aux pieds de la Vierge et du saint directeur dans la maison duquel habite cette miraculeuse image. Le frère, m'ayant offert de me reposer, pénètre aussitôt dans le couvent et comme il faisait déjà nuit, et que les pères étaient, disait-il, à souper, il fut quelque temps avant que de revenir. Il reparaît enfin avec un religieux :

— Voilà le père Clément, mademoiselle, me dit le frère, c'est l'économe de la maison, il vient voir si ce que vous désirez vaut la peine que l'on interrompe le père gardien.

Le père Clément était un homme de quarante-cinq ans, d'une grosseur énorme, d'une taille gigantesque, d'un regard farouche et sombre, le son de voix dur et rauque, et dont l'abord me fit frémir bien plus qu'il ne me consola... Un frémissement involontaire me saisit alors, et sans qu'il me fût possible de m'en défendre, le souvenir de tous mes malheurs passés vint s'offrir à ma mémoire.

— Que voulez-vous, me dit ce moine assez durement, est-ce là l'heure de venir dans une église ? vous avez bien l'air d'une aventurière.

— Saint homme, dis-je en me prosternant, j'ai cru qu'il était toujours temps de se présenter à la maison de Dieu ; j'accours de bien loin pour m'y rendre, pleine de ferveur et de dévotion, je demande à me confesser s'il est possible, et quand ma conscience vous sera connue, vous verrez si je suis digne ou non de me prosterner aux pieds de l'image miraculeuse que vous conservez dans votre sainte maison.

— Mais ce n'est pas trop l'heure de se confesser, dit le moine en se radoucissant ; où passerez-vous la nuit ? nous n'avons point d'endroit pour vous loger ; il valait mieux venir le matin.

A cela je lui dis toutes les raisons qui m'en avaient empê-chée, et sans me répondre davantage il fut rendre compte au gardien. Quelques minutes après j'entendis qu'on ouvrait l'église, et le père gardien, s'avançant lui-même à moi vers la cabane du jardinier, m'invita à entrer avec lui dans le temple qui m'est ouvert. Le père Raphaël, dont il est bon de vous donner une idée sur-le-champ, était un homme de l'âge que l'on m'avait dit, mais auquel on n'aurait pas donné quarante ans ; il était mince, assez grand, d'une physionomie spiri-tuelle et douce, parlant très bien le français quoique d'une prononciation un peu italienne, maniéré et prévenant au-dehors autant que sombre et farouche à l'intérieur.

— Mon enfant, me dit gracieusement ce religieux, quoique l'heure soit absolument indue et que nous ne soyons point dans l'usage de recevoir à cette heure-ci, j'entendrai cependant votre confession, et nous aviserons aux moyens de vous faire décemment passer la nuit jusqu'à l'heure où vous pourrez demain saluer la sainte image que nous possédons.

Cela dit, le moine fit allumer quelques lampes autour du confessionnal, il me dit de m'y placer, et ayant fait retirer le frère et fermer toutes les portes, il m'engagea à me confier à lui en toute sûreté; parfaitement remise avec un homme si doux, en apparence, des frayeurs que m'avait causées le père Clément, après m'être humiliée aux pieds de mon directeur, je m'ouvris entièrement à lui, et avec ma naïveté et ma confiance ordinaires je ne lui laissai rien ignorer de tout ce qui me concernait. Je lui avouai toutes mes fautes, et lui confiai tous mes malheurs : rien [ne] fut omis, pas même la marque honteuse dont m'avait flétrie l'exécrable Rodin.

Le père Raphaël m'écouta avec la plus grande attention, il me fit répéter même plusieurs détails avec l'air de la piété et de l'intérêt... mais je m'aperçus que ses principales questions portèrent à différentes reprises sur les objets suivants :

1° S'il était bien vrai que je fusse orpheline et de Paris.

2° S'il était bien sûr que je n'avais plus ni parents, ni amis, ni protection, ni personne à qui j'écrivisse.

3° Si je n'avais confié qu'à la bergère le dessein que j'avais d'aller au couvent, et si je ne lui avais point donné de rendez-vous au retour.

4° S'il était constant que je fusse vierge et que je n'eusse que vingt-deux ans.

5° S'il était bien certain que je n'eusse été suivie de personne, et que qui que ce fût ne m'eût vue entrer au couvent.

Ayant pleinement satisfait à ces questions et y ayant répondu de l'air le plus naïf :

— Eh bien, me dit le moine en se levant, et me prenant par la main, venez, mon enfant; il est trop tard pour vous faire saluer la vierge ce soir, je vous procurerai la douce satisfaction de communier demain aux pieds de son image, mais commençons par vous faire souper et coucher.

En disant cela, il me conduisit vers la sacristie.

— Eh quoi, lui dis-je alors avec un peu d'inquiétude dont je ne me sentais pas maîtresse, eh quoi, mon père, dans l'intérieur de votre maison?

— Et où donc, charmante pèlerine, me répondit le moine, en ouvrant une des portes du cloître donnant dans la sacristie et qui m'introduisait entièrement dans la maison... Quoi, vous craignez de passer la nuit avec quatre religieux? Oh, vous verrez, mon ange, que nous ne sommes pas si bigots que nous en avons l'air et que nous savons nous amuser d'une jolie novice.

Ces paroles, que le moine ne prononça pas sans me serrer indécemment en des lieux que la pudeur ne me permet pas de nommer, me firent tressaillir jusqu'au fond de l'âme. O juste ciel, me dis-je à moi-même, serais-je donc encore la victime de mes bons sentiments, et le désir que j'ai eu de m'approcher de ce que la religion a de plus respectable, va-t-il donc être encore puni comme un crime ? Cependant nous avancions toujours dans l'obscurité. La respiration du moine était pressée et il s'arrêtait de temps en temps pour renouveler l'indécence de ses gestes. Enhardi par l'heureuse réussite de ses projets, il s'émancipa même au point de glisser une de ses mains sous mes jupes et me contraignant de l'autre pour que je ne pusse m'échapper, il me souilla d'attouchements déshonnêtes en plusieurs parties de mon corps et me contraignit à recevoir d'impudiques baisers qui me firent horreur.

— Oh ciel, je suis perdue, lui dis-je.

— Je le crains, me répondit le scélérat, mais il n'est plus temps de réfléchir.

Nous continuâmes notre marche, lui plus audacieux que jamais, moi presque évanouie. Un escalier se présente enfin à nous, au bout d'un des côtés du cloître. Raphaël me fait passer devant lui, et comme il s'aperçoit d'un peu de résistance il me pousse avec brutalité en m'invectivant de la plus dure manière et me répétant que ce n'est plus le cas de reculer.

— Ah ventrebleu, tu vas bientôt voir s'il ne serait peut-être pas plus heureux pour toi d'être tombée dans une retraite de voleurs qu'au milieu de quatre récollets comme ceux qui vont s'amuser de toi.

Tous les sujets de terreur se multiplient si rapidement à mes yeux que je n'ai pas le temps d'être alarmée de ces paroles ; elles me frappent à peine que de nouveaux sujets d'alarme viennent assaillir mes sens ; la porte s'ouvre, et je vois autour d'une table trois moines et trois jeunes filles, tous six dans l'état du monde le plus indécent ; deux de ces filles étaient entièrement nues, on travaillait à déshabiller la troisième et les moines à fort peu de chose près étaient dans le même état...

— Mes amis, dit Raphaël en entrant, il nous en manquait une, la voilà ; permettez que je vous présente un véritable phénomène : voilà une Lucrèce qui porte à la fois sur ses épaules la marque des filles de mauvaise vie et là, continuat-il, en faisant un geste aussi significatif qu'indécent... là, mes amis, la preuve certaine d'une virginité reconnue.

Les éclats de rire se firent entendre de tous les coins de la salle et Clément, celui que j'avais vu le premier, s'écria aussitôt, déjà à moitié ivre, qu'il fallait à l'instant vérifier les faits. La nécessité où je suis de vous peindre les gens avec lesquels j'étais, m'oblige d'interrompre ici ; je vous laisserai le moins possible en suspens sur ma situation. J'imagine qu'elle est assez critique pour vous inspirer quelque intérêt.

Vous connaissez déjà suffisamment Raphaël et Clément, pour que je puisse passer aux deux autres. Antonin, le troisième des pères de ce couvent, était un petit homme de quarante ans, sec, fluet, et d'un tempérament de feu, d'une figure de satyre, velu comme un ours, d'un libertinage effréné, d'une taquinerie et d'une méchanceté sans exemple. Le père Jérôme, doyen de la maison, était un vieux libertin de soixante ans, homme aussi dur et aussi brutal que Clément, encore plus ivrogne que lui, et qui, blasé sur les plaisirs de la nature, était contraint, pour se ranimer, d'avoir recours aux recherches dépravées qui l'outragent.

Florette était la plus jeune des femmes, elle était de Dijon, âgée d'environ quatorze ans, fille d'un gros bourgeois de cette ville et enlevée par des satellites de Raphaël qui, riche et fort en crédit dans son ordre, ne négligeait rien de tout ce qui pouvait servir ses passions ; elle était brune, de très jolis yeux et beaucoup de piquant dans les traits. *Cornélie* avait environ seize ans, elle était blonde, l'air très intéressant, de beaux cheveux, une peau éblouissante et la plus belle taille possible ; elle était d'Auxerre, fille d'un négociant et séduite par Raphaël lui-même qui l'avait secrètement entraînée dans ses pièges. *Omphale* était une femme de trente ans fort grande, d'une figure très douce et très agréable, toutes les formes très prononcées, la plus belle gorge possible, et les yeux les plus tendres qu'il fût possible de voir ; elle était fille d'un vigneron de Joigny très à l'aise, et à la veille d'épouser un homme qui devait faire sa fortune, lorsque Jérôme l'enleva à sa famille par les séductions les plus extraordinaires, à l'âge de seize ans. Telle était la société avec laquelle j'allais vivre, tel était le cloaque d'impureté et de souillure, où je m'étais flattée de trouver les vertus comme dans l'asile respectable qui leur convenait.

On me fit bientôt entendre dès que je fus au milieu de ce cercle impur, que ce que j'avais de mieux à faire était d'imiter la soumission de mes compagnes.

— Vous imaginez aisément, me dit Raphaël, qu'il ne servirait à rien d'essayer des résistances dans la retraite inabordable où votre mauvaise étoile vous conduit. Vous avez, dites-vous, éprouvé bien des malheurs, et cela est vrai d'après vos récits, mais voyez pourtant que le plus grand de tous pour une fille vertueuse manquait encore à la liste de vos infortunes. Est-il naturel d'être vierge à votre âge ? n'était-il pas temps que votre vertu fît naufrage ?... Voilà des compagnes qui comme vous ont fait des façons quand elles se sont vues contraintes de nous servir, et qui comme vous allez sagement faire, ont fini par se soumettre quand elles ont vu que ça ne pouvait les mener qu'à de mauvais traitements. Dans la situation où vous êtes, Sophie, comment espéreriez-vous de vous défendre ? Jetez les yeux sur l'abandon dans lequel vous êtes dans le monde ; de votre propre aveu il ne vous reste ni parents, ni amis ; voyez votre situation dans un désert hors de tout secours, ignorée de toute la nature, entre les bras de quatre libertins qui bien sûrement n'ont pas envie de vous épargner... qui donc réclameriez-vous ici ? sera-ce à ce dieu que vous veniez implorer avec tant de zèle, et qui profite de cette ferveur pour vous précipiter un peu plus tôt dans le piège ? sera-ce ce dieu que nous outrageons journellement sans craindre un instant sa puissance ? Vous voyez donc qu'il n'est aucune puissance ni humaine ni divine qui puisse parvenir à vous retirer de nos mains, qu'il n'y a ni dans la classe des choses possibles, ni dans celle des miracles, aucune sorte de moyen qui puisse réussir à vous faire conserver plus longtemps cette virginité dont vous êtes si fière, qui puisse enfin vous empêcher de devenir dans tous les sens et de toutes les manières les plus incongrues la proie des excès impurs auxquels nous allons nous abandonner tous les quatre avec vous. Déshabillez-vous donc, Sophie, et que la résignation la plus entière puisse vous mériter des bontés de notre part, qui seront à l'instant remplacées par les traitements les plus durs et les plus ignominieux si vous ne vous soumettez pas, traitements qui ne vous feront que nous irriter davantage, sans vous mettre à l'abri de notre intempérance et de nos brutalités.

Je ne sentais que trop que ce terrible discours ne me laissait aucune ressource, mais n'eussé-je pas été coupable de ne point employer celle que m'indiquait mon cœur et que me laissait encore la nature? Je me jette aux pieds de Raphaël, j'emploie toutes les forces de mon âme pour le supplier de ne pas abuser de mon état, les larmes les plus amères viennent inonder ses genoux, et tout ce que mon âme peut me dicter de plus pathétique, j'ose l'essayer avec ce monstre. Mais je ne savais pas encore que les larmes ont un attrait de plus aux yeux du crime et de la débauche, j'ignorais que tout ce que j'essayais pour émouvoir ces barbares ne devait réussir qu'à les enflammer... Raphaël se lève en fureur :

— Prenez cette gueuse, Antonin, dit-il en fronçant le sourcil, et en la mettant nue à l'instant sous nos yeux, apprenez-lui que ce n'est pas avec des hommes comme nous que la compassion peut avoir des droits.

Antonin me saisit d'un bras sec et nerveux, et entremêlant ses propos et ses actions de jurements effroyables, en deux minutes il fait sauter mes vêtements et me met nue aux yeux de l'assemblée.

— Voilà une belle créature, dit Jérôme, que le couvent m'écrase si depuis trente ans j'en ai vu une plus belle.

— Un moment, dit le gardien, mettons un peu de règle à nos procédés : vous connaissez, mes amis, nos formules de réception ; qu'elle les subisse toutes sans excepter aucune, que pendant ce temps-là les trois autres femmes se tiennent autour de nous pour prévenir les besoins ou pour les exciter.

Aussitôt un cercle se forme, on me place au milieu, et là pendant plus de deux heures, je suis examinée, considérée, palpée par ces quatre libertins, éprouvant tour à tour de chacun ou des éloges ou des critiques. Vous me permettrez, madame, dit notre belle prisonnière en rougissant prodigieusement ici, de vous déguiser une partie des détails obscènes qui s'observèrent à cette cérémonie ; que votre imagination se représente tout ce que la dépravation peut en tel cas dicter à des libertins, qu'elle les voie successivement passer de mes compagnes à moi, comparer, rapprocher, confronter, discourir, et elle n'aura vraisemblablement encore qu'une légère idée de tout ce qui s'exécuta dans ces premières orgies, bien légères pourtant en comparaison de toutes les horreurs dont je devais bientôt être encore victime.

— Allons, dit Raphaël dont les désirs prodigieusement irrités paraissaient au point de ne pouvoir plus être contenus, il est temps d'en venir au fait ; que chacun de nous s'apprête à lui faire subir ses jouissances favorites.

Et le malhonnête homme m'ayant placée sur un sopha
dans l'attitude propice à ses exécrables plaisirs, me fait
contenir par Antonin et Clément. Raphaël, italien, moine et
dépravé, se satisfait outrageusement, sans me faire cesser
d'être vierge. O comble de brutalité ! on eût dit que chacun de
ces hommes crapuleux se fût fait une gloire d'outrager la
nature dans le choix de ses indignes plaisirs. Clément
s'avance, irrité par le spectacle des exécrations de son supérieur, bien plus encore par tout ce qu'il a fait lui-même en les
contemplant. Il me déclare qu'il ne sera pas plus dangereux
pour moi que son gardien et que l'endroit où son hommage va
s'offrir laissera de même ma vertu sans danger. Il me fait
mettre à genoux devant lui, mis debout, et se collant à moi
dans cette posture, ses perfides passions s'exercent dans un
lieu qui m'interdit pendant le sacrifice le pouvoir de me
plaindre de son irrégularité. Jérôme suit, son temple est celui
de Raphaël, mais il ne s'introduit pas au sanctuaire ; content
d'observer le péristyle, ému d'épisodes primitives dont l'obs-
cénité ne se peint point, il ne parvenait au complément de ses
désirs que par des moyens barbares qui, ramenant à
l'enfance la victime du libertin, le fait jouir d'une sorte de
tyrannie qu'étayent quelques raisonnements sophistiques
que transmet malheureusement, de siècle en siècle, un mage
odieux et dont l'humanité frémit toujours.

— Voilà d'heureuses préparations, dit Antonin en se saisissant de moi, venez, poulette, venez que je vous venge de
l'irrégularité de mes confrères, et que j'achève d'immoler
cette vertu que leur intempérance m'abandonne...

Mais quels détails... grand Dieu... il m'est impossible de
vous les rendre ; il semblait que ce moine, le plus libertin des
quatre quoiqu'il parût le moins éloigné des vues de la nature,
ne daignât se rapprocher d'elle, mettre un peu moins d'uni-
formité dans son culte, qu'en se dédommageant de cette
apparence d'une dépravation moins grande par tout ce qui
pouvait m'outrager davantage... Hélas, si quelquefois mon
imagination s'était égarée sur ces plaisirs, je les croyais
chastes comme le dieu qui les inspirait, donnés par la nature
pour servir de consolation aux humains, nés de l'amour et de
la délicatesse ; j'étais bien loin de croire que l'homme à
l'exemple des bêtes féroces ne pût jouir qu'en faisant frémir
ses compagnes ; je l'éprouvai, et dans un tel degré de violence
que les douleurs du déchirement naturel de ma virginité
furent les moindres que j'eusse à supporter dans cette course

dangereuse, qu'Antonin termina par des cris furieux, par des excursions si meurtrières sur toutes les parties de mon corps, par des morsures enfin si semblables aux sanglantes caresses des tigres, qu'un moment je me crus la proie de quelque animal sauvage qui ne s'apaiserait qu'en me dévorant. Ces horreurs finies, je retombai sur l'autel où j'avais été immolée presque sans connaissance et sans mouvement.

Raphaël ordonna aux femmes de me soigner et de me faire manger, mais un accès de chagrin furieux vint assaillir mon âme en ce moment cruel ; je ne pus tenir à l'horrible idée d'avoir enfin perdu ce trésor de virginité, pour lequel j'eusse cent fois sacrifié ma vie, de me voir flétrie par ceux dont je devais attendre au contraire le plus de secours et de consolations morales. Mes larmes coulèrent en abondance, mes cris retentirent dans la salle, je me roulai à terre, je m'arrachai les cheveux, je suppliai mes bourreaux de me donner la mort, et quoique ces scélérats trop endurcis à de telles scènes s'occupassent bien plutôt de goûter de nouveaux plaisirs avec mes compagnes que de calmer ma douleur ou de la consoler, importunés néanmoins de mes cris, ils se décidèrent à m'envoyer reposer dans un lieu où ils ne pussent plus les entendre... Omphale allait m'y conduire quand le perfide Raphaël me considérant encore avec lubricité, malgré l'état cruel où j'étais, dit qu'il ne voulait pas qu'on me renvoyât sans qu'il me rendît encore une fois sa victime... A peine a-t-il conçu ce projet qu'il l'exécute... mais ses désirs ayant besoin d'un degré d'irritation de plus, ce n'est qu'après avoir mis en usage les cruels moyens de Jérôme qu'il réussit à trouver les forces nécessaires à l'accomplissement de son nouveau crime... Quel excès de débauche, grand Dieu ! se pouvait-il que ces débauchés fussent assez féroces pour choisir l'instant d'une crise de douleur morale comme celle que j'éprouvais, pour m'en faire subir une physique aussi barbare ?

— Oh, parbleu, dit Antonin en me reprenant également, rien n'est bon à suivre comme l'exemple d'un supérieur, et rien n'est piquant comme les récidives : la douleur, dit-on, dispose au plaisir, je suis convaincu que cette belle enfant va me rendre le plus heureux des hommes.

Et malgré mes répugnances, malgré mes cris et mes supplications, je deviens encore pour la seconde fois le malheureux plastron des insolents désirs de ce misérable...

— En voilà assez pour la première fois, dit Raphaël,

emmenant avec lui Florette, allons nous coucher ; nous verrons demain si la douce [enfant] aura profité de nos leçons.

Et chacun se dispersa. J'étais sous la conduite d'Omphale ; cette sultane plus âgée que les autres me parut celle qui était chargée du soin des sœurs ; elle me mena dans notre appartement commun, espèce de tour carrée dans les angles de laquelle était un lit pour chacune de nous quatre. Un des moines suivait ordinairement les filles quand elles se retiraient, et en fermait la porte à deux ou trois verrous ; ce fut Clément qui se chargea de ce soin ; une fois là, il devenait impossible d'en sortir, il n'y avait d'autre issue dans cette chambre qu'un cabinet attenant pour nos aisances et nos toilettes, dont la fenêtre était aussi étroitement grillée que celle de l'endroit où nous couchions. D'ailleurs aucune sorte de meuble, une chaise et une table près du lit qu'entourait un méchant rideau d'indienne, quelques coffres de bois dans le cabinet et des meubles de propreté ; ce ne fut que le lendemain que je m'aperçus de tout cela ; trop accablée pour rien voir en ce premier moment, je ne m'occupai que de ma douleur. O juste ciel, me disais-je, il est donc écrit qu'aucun acte de vertu n'émanera de mon cœur sans qu'il ne soit aussitôt suivi d'une peine ! Eh quel mal faisais-je donc, grand Dieu, en désirant de venir accomplir dans cette maison quelque devoir de piété, offensai-je le ciel en voulant m'y livrer, était-ce là le prix que j'en devais attendre ? O décrets incompréhensibles de la providence, daignez donc un instant vous ouvrir à mes yeux si vous ne voulez pas que je me révolte contre vos lois ! Des larmes amères suivirent ces réflexions et j'en étais encore inondée, quand vers le point du jour Omphale s'approcha de mon lit.

— Chère compagne, me dit-elle, je viens t'exhorter à prendre du courage ; j'ai pleuré comme toi dans les premiers jours et maintenant l'habitude est prise, tu t'y feras comme moi ; les premiers moments sont terribles, ce n'est pas seulement l'obligation d'assouvir perpétuellement les désirs effrénés de ces débauchés qui fait le supplice de notre vie, c'est la perte de notre liberté, c'est la manière brutale dont nous sommes traitées dans cette infâme maison... Les malheureux se consolent en en voyant d'autres souffrir auprès d'eux ; quelque cuisantes que fussent mes douleurs, je les apaisai un instant pour prier ma compagne de me mettre au fait des maux où je devais m'attendre. Écoute, me dit Omphale en s'asseyant près de mon lit, je vais te parler avec confiance, mais souviens-toi de n'en abuser jamais... Le plus cruel de nos maux, ma chère amie, est l'incertitude de notre sort ; il est impossible de dire ce qu'on devient quand on quitte ce lieu. Nous avons autant de preuves que notre solitude nous permet d'en acquérir, que les filles réformées par les moines ne reparaissent jamais dans le monde ; eux-mêmes nous en préviennent, ils ne nous cachent pas que cette retraite est notre tombeau ; il n'y a pourtant pas d'année où il n'en sorte sept ou huit. S'en défont-ils ? quelquefois ils nous disent que oui, d'autres fois ils assurent que non, mais aucune de celles qui sont sorties, quelque promesse qu'elles nous aient faite de porter des plaintes contre ce cloaque d'impuretés et de travailler à notre élargissement, aucune dis-je ne nous a jamais tenu parole. Apaisent-ils ces plaintes, ou mettent-ils ces filles hors d'état d'en faire ? Lorsque nous demandons à celles qui arrivent des nouvelles des anciennes, elles n'en ont jamais aucune connaissance. Que deviennent-elles donc, ces malheureuses ? voilà ce qui nous tourmente, Sophie, voilà la fatale incertitude qui fait le vrai tourment de nos malheureux jours, il y a quatorze ans que je suis dans cette maison et voilà plus de cinquante filles que j'en vois sortir... où sont-elles ? pourquoi toutes ayant juré de nous servir, de toutes aucune n'a-t-elle jamais tenu parole ? Notre nombre est fixé à quatre... au moins dans cette chambre, car nous sommes toutes plus que persuadées qu'il y a une autre tour qui répond à celle-ci et où ils en conservent un pareil nombre ; beaucoup de traits de leur conduite, beaucoup de leurs propos nous en ont convaincues, mais si ces compagnes existent, jamais elles ne paraissent à nos yeux. Une des plus grandes preuves que nous ayons de ce fait est que nous ne servons jamais deux jours de suite ; nous fûmes employées hier, nous nous reposerons aujourd'hui ; or certainement ces débauchés ne font pas un jour d'abstinence. Rien au surplus ne légitime notre retraite, l'âge, le changement des traits, l'ennui, les dégoûts, rien autre chose que leur caprice ne les détermine à nous donner ce fatal congé dont il nous est impossible de savoir de quelle manière nous profitons. J'ai vu ici une fille de soixante-dix ans, elle ne partit que l'été passé ; il y avait soixante ans qu'elle y était, elle avait vu sortir plus de trois cents filles, et pendant que l'on gardait celle-là, j'en vis réformer plus de douze qui n'avaient pas seize ans. J'en ai vu partir trois jours après leur arrivée, d'autres au bout d'un mois, d'autres de plusieurs années ; il n'y a sur cela aucune règle que leur volonté. La manière d'agir n'y fait également rien : j'en ai vu qui volaient au-devant de leurs désirs et qui partaient au bout de six semaines ; d'autres maussades et fantasques qu'ils gardaient un grand nombre d'années. Il est donc inutile de prescrire à une arrivante un genre quelconque de conduite ; leur fantaisie brise toutes les lois, il n'est rien de sûr avec elle. A l'égard des moines, ils varient peu ; il y a quinze ans que Raphaël est ici, il y en a seize que Clément y demeure, Jérôme y est depuis trente ans, Antonin depuis dix ; il remplaça l'ancien gardien, homme de soixante ans qui y mourut dans un excès de débauche... Ce Raphaël, Florentin de nation, est proche parent du pape avec lequel il est fort bien ; ce n'est que depuis lui que la vierge miraculeuse assure la réputation du couvent et empêche les médisants d'observer de trop près ce qui se passe ici, mais la maison était montée comme tu le vois quand il y arriva. Il y a près de quatre-vingts ans qu'elle est, dit-on, sur ce même pied et que tous les gardiens qui y sont venus y ont conservé un ordre si avantageux pour leur plaisir ; Raphaël, un des moines les plus libertins de son siècle, ne s'y fit placer que parce qu'il la connaissait, et son intention est de maintenir les secrets privilèges de ce couvent aussi longtemps qu'il le pourra. Nous sommes du diocèse d'Auxerre, mais que l'évêque soit instruit ou non, jamais nous ne le voyons paraître en ces lieux ; en général ils sont peu fréquentés ; excepté le temps de la fête qui se trouve vers la fin d'août, il n'y vient pas dix personnes dans l'année. Cependant lorsque quelques étrangers s'y présentent, le gardien a soin de les bien recevoir et de leur en imposer par des apparences sans nombre d'austérité et de religion ; ils s'en retournent contents, ils prônent la maison, et l'impunité de ces scélérats s'établit ainsi sur la bonne foi du peuple et sur la crédulité des dévots. Rien n'est sévère au reste comme les règlements de notre conduite et rien n'est aussi dangereux pour nous comme de les enfreindre. Il est essentiel que j'entre dans quelques détails avec toi sur cet article, continua mon institutrice, car ce n'est pas une excuse que de dire ici : *Ne me punissez pas de l'infraction de cette loi, je l'ignorais* ; il faut ou se faire instruire par ses compagnes, ou tout deviner de soi-même ; on ne vous prévient de rien, et on vous punit de tout. La seule correction admise est *le fouet*, différemment appliqué sur telle ou telle partie du corps, en raison de la faute, sans en excepter même les plus délicates et les moins faites pour cette ignominie ; il était assez simple qu'une épisode des plaisirs de ces scélérats devînt leur punition favorite; tu l'expérimentas sans commettre de faute, tu l'éprouveras bientôt pour en avoir commis; tous quatre sont adonnés à cette cruelle dépravation, et comme punisseur tous quatre l'exercent tour à tour. Il y en a un tous les vingt-quatre heures, qu'on appelle *le régent de jour*, c'est lui qui reçoit les rapports de la doyenne de la chambre, lui qui est chargé de la police intérieure du sérail, de tout ce qui se passe aux soupers où nous sommes admises, qui taxe les fautes et les punit lui-même. Reprenons chacun de ces articles. Nous sommes obligées d'être toujours levées et habillées à neuf heures du matin; à dix on nous apporte du pain et de l'eau pour déjeuner; à deux heures on sert le dîner qui consiste en un potage assez bon, un morceau de bouilli, un plat de légumes, quelquefois un peu de fruit, et une bouteille de vin pour nous quatre. Régulièrement tous les jours, été ou hiver, à cinq heures du soir le régent vient nous visiter; c'est alors qu'il reçoit les délations de la doyenne; et les plaintes que celle-ci peut faire portent sur la conduite des filles, sur les propos tenus, sur l'exactitude aux règlements intérieurs, sur la toilette, sur la manière dont on s'est nourrie et sur quelque autre objet trop indécent pour être répété.

— Madame! dit Sophie, interrompant sa camarade.

— Il faut rendre un compte exact de toutes ces choses, poursuivit Omphale, et nous risquons nous-mêmes d'être punies si nous ne le faisons pas. De là, le régent de jour passe dans notre cabinet, et y visite tout; sa besogne faite, il est rare qu'il sorte sans s'amuser d'une de nous et souvent de toutes les quatre. Dès qu'il est sorti, si ce n'est pas notre jour de souper, nous devenons maîtresses de lire ou causer, de nous distraire entre nous jusqu'à l'heure du souper qu'on nous sert à huit heures et qui consiste ou [en] un plat d'entremets, ou [en] un plat de fruits. Nous nous couchons ensuite à onze heures. Si nous devons souper ce soir-là avec les moines, une cloche sonne, elle nous avertit de nous préparer; le régent de jour vient nous chercher lui-même, nous descendons dans cette salle où tu nous as vues, et la première chose qui se fait là est de lire le cahier des fautes depuis la dernière fois qu'on a paru; d'abord celles commises à ce dernier souper, consistant en négligences, en refroidissement vis-à-vis des moines dans les instants où nous leur servons, en défaut de prévenance, de soumission ou de tenue suivant l'exigence; à cela se joint la liste des fautes commises dans la chambre pendant les deux jours au rapport de la doyenne. Les délinquantes se mettent tour à tour au milieu de la salle ; le régent de jour nomme leur faute et la taxe prononcée par lui-même ; ensuite elles sont mises nues par le gardien, ou un autre si le gardien est de jour, et le régent leur administre la punition prescrite d'une manière si forte qu'il est difficile d'en perdre la mémoire. Or l'art de ces scélérats est tel qu'il est presque impossible qu'il y ait un seul jour où quelques exécutions ne se fassent. Ce soin rempli, les orgies commencent, te les détailler serait impossible ; d'aussi bizarres caprices peuvent-ils jamais être réglés ? l'objet essentiel est de ne jamais rien leur refuser... de tout prévenir surtout, et encore avec ce moyen quelque bon qu'il soit, n'est-on pas très en sûreté. Au milieu des orgies, l'on soupe ; nous sommes admises à ce repas, toujours bien meilleur et plus somptueux que les nôtres ; les bacchanales se reprennent quand nos moines sont à moitié ivres, et c'est alors que leur imagination déréglée raffine tous les excès ; à minuit l'on se sépare, alors chacun est le maître de garder une de nous pour la nuit, cette favorite va coucher dans la cellule de celui qui l'a choisie et revient retrouver le lendemain celles qui n'ont pas été prises ; les autres rentrent, et trouvent alors la chambre propre, les lits en état. Quelquefois le matin, avant l'heure du déjeuner, il arrive qu'un moine fait demander une de nous dans sa cellule ; c'est le frère qui nous soigne, qui nous vient chercher, et qui nous conduit chez celui qui nous désire, lequel nous ramène lui-même ou nous fait reconduire par ce même frère, dès qu'il n'a plus besoin de nous. Ce geôlier qui approprie nos chambres et qui nous conduit quelquefois, est un vieil animal que tu verras bientôt, âgé de soixante-dix ans, borgne, boiteux et muet ; il est aidé dans le service total de la maison par trois autres, un qui prépare à manger, un qui fait les cellules des pères, balaye partout et aide encore à la cuisine, et le portier que tu vis en entrant. Nous ne voyons jamais de ces serviteurs que celui qui est destiné pour nous, et la moindre parole envers lui deviendrait un de nos crimes les plus graves. Le gardien vient quelquefois nous voir, indépendamment des jours où il y est obligé ; il y a alors quelques indécentes cérémonies d'usage que la pratique t'apprendra et dont l'inobservation devient crime, car le désir qu'ils ont d'en trouver pour avoir le plaisir de les punir les leur fait multiplier à l'infini. C'est rarement sans quelque dessein que Raphaël paraît chez nous : l'obéissance est alors notre loi et

l'avilissement notre lot. Au reste toujours exactement renfer-
mées, il n'est aucune occasion dans la vie où l'on laisse
prendre l'air, quoiqu'il y ait un assez grand jardin, mais il
n'est pas garni de grilles, et l'on craindrait une évasion
d'autant plus dangereuse qu'en instruisant la justice tem-
porelle ou spirituelle de tous les crimes qui se commettent
ici, on y aurait bientôt mis ordre. Jamais nous ne remplissons
aucun devoir de piété; il nous est aussi défendu d'y penser
que d'en parler; ces propos sont un des griefs qui méritent le
plus sûrement punition. Voilà tout ce que je te puis
t'apprendre, ma chère compagne, dit notre doyenne, en ter-
minant son instruction, l'expérience t'instruira du reste;
prends courage si cela t'est possible, mais renonce pour
toujours au monde, il n'y a point d'exemple qu'une fille sortie
de cette maison ait pu jamais la revoir.

Ce dernier article m'inquiétant beaucoup, je demandai à
Omphale quelle était sa véritable opinion sur le sort des filles
réformées.

— Que veux-tu que je te réponde à cela, me dit-elle,
l'espoir à tout instant détruit cette malheureuse opinion; tout
me prouve qu'un tombeau leur sert de retraite; et mille idées
qui ne sont qu'enfantées par des chimères viennent détruire
cette trop fatale conviction. On n'est prévenue que le matin,
poursuivit Omphale, de la réforme que l'on médite de nous;
le régent de jour vient avant le déjeuner et dit, je le suppose :
*Omphale, faites votre paquet, le couvent vous réforme, je vien-
drai vous prendre à l'entrée de la nuit*, puis il sort. La réformée
embrasse ses compagnes, elle leur promet mille et mille fois
de les servir, de porter des plaintes, d'ébruiter ce qui se
passe : l'heure sonne, le moine paraît, la fille part, et l'on n'a
jamais aucune nouvelle de ce qui peut lui être arrivé. Cependant si c'est un jour de souper, il a lieu comme à l'ordinaire;
la seule chose que nous ayons remarquée ces jours-là, c'est
que les moines s'épuisent beaucoup moins, qu'ils boivent
davantage, qu'ils nous renvoient de beaucoup meilleure
heure et qu'il n'en reste point à coucher, et qu'on n'en
demande jamais le lendemain matin.

— Mille remerciements, dis-je à Omphale, de tes instructions. Mais tout ce que tu me dis m'inquiète, réfléchissons
une minute, peut-être n'as-tu jamais eu affaire qu'à des
enfants qui n'ont pas eu assez de force pour te tenir parole...

— Des enfants, interrompit Omphale; depuis quatre ans,
une de trente-neuf ans, une de quarante, une de quarante-six

et une de cinquante m'ont fait serment de me donner de leurs nouvelles et ne l'ont pas tenu.

— N'importe, répliquai-je, veux-tu faire avec moi cette promesse réciproque ? Je commence par te jurer d'avance sur tout ce que j'ai de plus sacré au monde qu'ou j'y mourrai, où je détruirai ces infamies. M'en promets-tu autant de ton côté ?

— Assurément, me dit Omphale, mais sois certaine de l'inutilité de ces promesses ; des filles plus âgées que toi, te dis-je, peut-être encore plus irritées s'il est possible, appartenant aux gens les plus à l'aise de la province et ayant par ce moyen plus d'armes que toi, des filles en un mot qui auraient donné leur sang pour me sauver, ont manqué aux mêmes serments ; permets donc à ma cruelle expérience de regarder le nôtre comme vain et de n'y pas compter davantage.

Nous jasâmes ensuite du caractère des moines et de celui de nos compagnes.

— Il n'y a point d'homme en Europe, me dit Omphale, plus dangereux que Raphaël et Antonin ; la fausseté, la noirceur, la méchanceté, la luxure, la gourmandise, la taquinerie, la cruauté, l'irréligion sont leurs qualités naturelles et l'on ne voit jamais la joie, le contentement dans leurs yeux que quand ils se sont le mieux livrés à tous ces vices. Clément qui paraît le plus brusque est pourtant le meilleur de tous, il n'est à craindre que quand il est ivre ; il faut bien prendre garde de lui manquer alors, on y courrait souvent de grands risques. Pour Jérôme, il est naturellement brutal, les soufflets, les meurtrissures sont des revenus assurés avec lui, mais quand ses passions sont éteintes il devient doux comme un agneau, différence essentielle qu'il y a entre lui et les deux premiers qui ne raniment les leurs que par des trahisons et des atrocités. A l'égard des filles, continua la doyenne, il y a bien peu de choses à en dire ; Florette est une enfant qui n'a pas grand esprit et dont on fait ce qu'on veut. Cornélie a beaucoup d'âme et de sensibilité, rien ne peut la consoler de son sort. Elle est naturellement sombre et se livre très peu à ses compagnes.

Toutes ces instructions reçues, je demandai à Omphale s'il n'était pas absolument possible de s'assurer de l'existence de la tour qu'elle supposait devoir contenir d'autres malheureuses que nous :

— Si elles existent comme j'en suis presque sûre, dit Omphale, on ne pourrait s'en convaincre que par quelque indiscrétion des moines, ou par le frère muet qui nous servant les soigne aussi sans doute ; mais ces éclaircissements deviendraient fort dangereux. A quoi nous servirait-il d'ailleurs de savoir si nous sommes seules ou non, dès que nous ne pouvons nous secourir ? Si maintenant tu me demandes quelle preuve j'ai que ce fait est plus que vraisemblable, je te dirai que plusieurs de leurs propos auxquels ils ne pensent pas, sont plus que suffisants pour nous en convaincre ; qu'une fois d'ailleurs, en sortant le matin de coucher avec Raphaël, au moment où je passais le seuil de sa porte, et qu'il allait me suivre pour me ramener lui-même, je vis sans qu'il s'en aperçût le frère muet entrer chez Antonin avec une très belle fille de dix-sept à dix-huit ans qui certainement n'était pas de notre chambre. Le frère se voyant aperçu la précipita vite dans la cellule d'Antonin, mais je la vis ; il ne s'en fit aucune plainte et tout resta là ; j'eusse peut-être joué gros jeu si cela se fût su. Il est donc certain qu'il y a d'autres femmes ici que nous et que, puisque nous ne soupons avec les moines que d'un jour l'un elles y soupent dans l'intervalle, en nombre égal au nôtre.

Omphale finissait à peine de parler que Florette rentra de chez Raphaël où elle avait passé la nuit, et comme il était expressément défendu aux filles de se dire mutuellement ce qui leur arrivait dans ce cas-là, nous voyant éveillées, elle nous souhaita simplement le bonjour et se jeta épuisée sur son lit. A l'heure du lever la tendre Cornélie s'approcha de moi, elle pleura en me regardant... et elle me dit :

— O ma chère demoiselle, que nous sommes de malheureuses créatures !

On apporta le déjeuner, mes compagnes me forcèrent à manger un peu, je le fis pour leur plaire ; la journée se passa assez tranquillement. A cinq heures, comme me l'avait dit Omphale, le régent de jour entra : c'était Antonin, il me demanda en riant comment je me trouvais de l'aventure, et comme je ne lui répondais qu'en baissant des yeux inondés de larmes :

— Elle s'y fera, elle s'y fera, dit-il en ricanant, il n'y a point de maison en France où l'on forme mieux les filles qu'ici.

Il fit sa visite, prit la liste des fautes des mains de la doyenne qui, d'un trop doux caractère pour la charger beaucoup, disait bien souvent qu'elle n'avait rien à dire, et aimait mieux se faire punir elle-même que de faire de la peine à ses compagnes. Avant de nous quitter Antonin s'approcha de

moi... Je frémis, je crains de devenir encore une fois la
victime de ce monstre, mais dès que cela peut être à tout
instant, qu'importe que ce soit alors, ou le lendemain?
Cependant j'en suis quitte pour quelques dures caresses et le
brutal se jette comme un furieux sur Cornélie, ordonnant
pendant qu'il opère à tout ce que nous sommes là de venir
servir ses passions qu'il assouvit avec cette malheureuse
comme il a fait avec moi la veille, c'est-à-dire avec les
épisodes les plus réfléchies de la brutalité et de la dépravation. Ces sortes de groupes s'exécutaient fort souvent; il était
presque toujours d'usage quand un moine jouissait d'une des
sœurs, que les trois autres l'entourassent pour enflammer ses
sens de toutes parts et pour que la volupté s'introduisît en eux
sous mille formes. Je place ici ces crayons cyniques à dessein
de n'y plus revenir, mon intention n'étant pas de m'appesan-
tir davantage sur l'indécence de ces scènes. En tracer une est
les peindre toutes, et pendant le long séjour que je fis dans
cette maison, mon projet est de ne plus vous parler que des
événements essentiels, sans vous effrayer plus longtemps des
détails. Comme ce n'était pas le jour de notre souper nous
fûmes tranquilles, mes compagnes me consolèrent de leur
mieux, mais rien ne pouvait calmer mes douleurs; en vain y
travaillèrent-elles, plus elles me parlaient de mes maux, et
plus ils me paraissaient cuisants.

Une heure après, le gardien vint me voir, il demanda à
Omphale si je commençais à prendre mon parti, et sans trop
écouter la réponse, il ouvrit un des coffres de notre cabinet
dont il tira plusieurs vêtements de femme :

— Comme vous n'avez rien avec vous, me dit-il, il faut bien
que nous pensions à vous vêtir.

Et il jeta, en disant cela, sur le lit plusieurs déshabillés avec
une demi-douzaine de chemises, quelques bonnets, des bas et
des souliers, des jupons, m'ordonnant d'essayer tout cela; il
fut témoin de ma toilette et ne manqua à aucun des attouchements indécents que la situation put lui procurer. Il se trouva
trois déshabillés de taffetas, un de toile des Indes qui pouvaient m'aller; il me permit de les garder, et de m'arranger
également du reste, en me souvenant que tout cela était de la
maison et de l'y remettre si j'en sortais avant que de l'user;
ces différents détails lui ayant procuré quelques tableaux qui
l'échauffèrent, il m'ordonna de me mettre de moi-même dans
l'attitude que je savais lui convenir... je voulus lui demander
grâce, mais voyant la rage et la colère déjà dans ses yeux, je

crus que le plus court était d'obéir, je me plaçai... le libertin entouré des trois autres filles se satisfit comme il avait coutume de faire aux dépens des mœurs, de la religion et de la nature. Rien n'était constant dans ses désordres comme ce vilain Italien; il ne s'écartait jamais de ses abominables pratiques. Je l'avais enflammé, il me fêta beaucoup au souper, et je fus destinée à passer la nuit avec lui; mes compagnes se retirèrent et je fus dans son appartement. Je ne vous parle plus ni de mes répugnances, ni de mes douleurs, madame, vous vous les peignez extrêmes sans doute, et leur tableau monotone nuirait peut-être à ceux qui me restent à vous faire. Raphaël avait une cellule meublée avec autant de goût que de magnificence. Dès que nous y fûmes enfermés, le moine s'étant mis nu, et m'ayant ordonné d'en faire autant, se fit exciter passivement au plaisir par les mêmes moyens dont il s'y embrasait activement ensuite. Je puis dire que je fis dans cette soirée un cours de libertinage aussi complet que la fille du monde la plus stylée à ces exercices impurs. Après avoir été maîtresse, je redevins bientôt écolière, il s'en fallait bien que j'eusse traité comme on me traitait, et quoiqu'on ne m'eût point demandé d'indulgence, je fus bientôt dans le cas d'en implorer; mais on se moqua de mes prières, on brava mes pleurs, on prit contre mes mouvements les précautions les plus sûres, et quand on se vit bien assuré de moi, je fus corrigée deux heures de suite avec une rigueur sans exemple. On ne s'en tenait pas aux parties destinées à cet usage, on parcourait tout indistinctement, les endroits les plus opposés, les globes les plus délicats, rien n'échappait à la fureur de mon bourreau dont les titillations de volupté se modelaient sur les douloureux symptômes que recueillaient précieusement ses regards. Quelques épisodes suspendaient un instant la célérité de l'exercice cruel auquel il se livrait, ses mains touchaient et ses infâmes baisers s'imprimaient avec ardeur sur les vestiges de sa rage. Quelquefois, il me relâchait pour avoir le plaisir de me voir défendre et fuir en courant dans l'appartement des coups qui n'arrivaient à moi qu'avec plus de violence... Que vous dirai-je, madame, l'autel même de l'amour ne fut pas épargné; mes mouvements ne l'exposaient jamais à ce barbare qu'il lui dirigeât ses attaques. J'étais en sang.

— Couchons-nous, dit le satyre étonnamment enflammé de ces odieux préliminaires, en voilà peut-être trop pour toi, et certainement pas assez pour moi; on ne se lasse point de ce saint exercice, et tout cela n'est que l'image de ce qu'on voudrait réellement faire.

Nous nous mîmes au lit ; Raphaël toujours plus libertin fut toujours aussi dépravé, et il me rendit plusieurs fois dans la nuit l'esclave de ses criminels plaisirs. Je saisis un instant de calme où je crus le voir pendant ces débauches, pour le supplier de me dire si je devais espérer de pouvoir sortir un jour de cette maison.

— Assurément, me répondit Raphaël, tu n'y es entrée que pour cela ; quand nous serons convenus tous les quatre de t'accorder ta retraite, tu l'auras très certainement.

— Mais, lui dis-je à dessein de tirer quelque chose de lui, ne craignez-vous pas que des filles plus jeunes et moins discrètes n'aillent quelquefois révéler ce qui s'est fait chez vous ?

— Cela est impossible, dit le gardien.

— Impossible ?

— Oh très certainement.

— Pourriez-vous m'expliquer...

— Non, c'est là notre secret, mais tout ce que je puis te dire, c'est que discrète ou non, il te sera parfaitement impossible de jamais rien révéler quand tu seras dehors, de ce qui s'est fait ici dedans.

Ces mots dits, il m'ordonna brutalement de changer de propos et je n'osai plus répliquer. A sept heures du matin, il me fit reconduire chez moi par le frère, et réunissant à ce qu'il m'avait dit ce que j'avais tiré d'Omphale, je fus à même de me convaincre qu'il n'était malheureusement que trop sûr que les partis les plus violents se prenaient contre les filles qui quittaient la maison, et que si elles ne parlaient jamais, la mort même leur en ravissait les moyens. Je frissonnai longtemps de cette terrible idée et parvenant à la dissiper enfin à force de la combattre par l'espoir, je m'étourdis comme mes compagnes.

En une semaine mes tournées furent faites et j'eus dans cet intervalle l'affreuse facilité de me convaincre des différents écarts, des diverses infamies solitairement exercées par chacun de ces moines, mais chez tous comme chez Raphaël le flambeau du libertinage ne s'allumait qu'aux excès de la férocité, et comme si ce vice des cœurs corrompus dût être en eux l'organe de tous les autres, ce n'était jamais qu'en l'exerçant que le plaisir les couronnait.

Antonin fut celui dont j'eus le plus à souffrir ; il est impossible de se figurer jusqu'à quel point ce moine portait la cruauté dans le délire de ses égarements. Toujours guidé par ces ténébreux écarts que je ne vous ai que trop peints, eux seuls le disposaient à la jouissance, ils entretenaient ses feux lorsqu'il la goûtait et servaient seuls à la perfectionner quand elle était à son dernier période. Étonnée malgré cela que les moyens qu'il employait ne parvinssent pas malgré leur rigueur à rendre féconde quelqu'une de ses victimes, je demandai à notre doyenne comment ils s'en préservaient.

— En détruisant sur-le-champ lui-même, me dit Omphale, le fruit que son ardeur forma ; dès qu'il s'aperçoit de quelque progrès, il nous fait avaler six grands verres d'une certaine tisane qui ne laisse le quatrième jour aucun vestige de son intempérance ; cela vient d'arriver à Cornélie, cela m'est arrivé trois fois, et il n'en résulte aucun inconvénient pour notre santé. Au reste il est le seul, comme tu vois, continua ma compagne, avec lequel ce danger soit à craindre ; l'irrégularité des désirs de chacun des autres ne nous laisse rien à redouter.

Alors Omphale me demanda vers le seizième jour de mon séjour dans cette maison s'il n'était pas vrai que de tous, Jérôme fût celui dont j'eusse moins à me plaindre.

— Hélas, répondis-je, au milieu d'une foule d'horreurs et d'impuretés qui tantôt dégoûtent et tantôt révoltent, il m'est bien difficile de dire quel est celui qui me fatigue le moins ; je suis excédée de tous et je voudrais déjà être dehors quel que soit le sort qui m'attende.

— Mais il serait possible que tu fusses bientôt satisfaite, continua Omphale, tu n'es venue ici que par hasard, on ne comptait point sur toi ; huit jours avant ton arrivée, on venait de faire la réforme du mois, et jamais on ne procède à cette opération qu'on ne soit sûr du remplacement. Il en va donc venir une nouvelle, ainsi tes souhaits pourraient être accomplis. D'ailleurs nous voilà à l'époque de la fête ; rarement cette circonstance échoit sans leur rapporter quelque chose ; ou ils séduisent des jeunes filles par le moyen de la confession, ou ils en volent quelqu'une, mais il est rare qu'à cet événement, il n'y ait pas toujours quelque malheureuse de prise.

Elle arriva enfin, cette fameuse fête ; croiriez-vous, madame, à quelle impiété monstrueuse se portèrent ces scélérats à cet événement ? Ils imaginèrent qu'un miracle visible doublerait l'éclat de leur réputation, et en consé-

quence ils revêtirent Florette, la plus jeune des filles, de tous
les ornements de la vierge, ils l'attachèrent au mur de la
niche par le milieu du corps au moyen de cordons qui ne se
voyaient pas et lui ordonnèrent de lever les bras avec
componction vers le ciel quand on y lèverait l'hostie. Comme
cette malheureuse petite créature était menacée du traitement le plus cruel si elle venait à dire un seul mot, ou à
manquer son rôle, elle s'en tira du mieux qu'elle put et la
fraude eut tout le succès qu'on en pouvait attendre ; le peuple
cria au miracle, laissa de riches offrandes à la Vierge et s'en
retourna plus convaincu que jamais de l'efficacité des grâces
de cette mère céleste.

Nos libertins voulurent pour parfaire leur impiété que
Florette parût au souper dans les mêmes vêtements qui lui
avaient attiré tant d'hommages, et chacun d'eux enflamma
ses odieux désirs à la soumettre sous ce costume à l'irrégularité de ses caprices. Irrités de ce premier crime, les monstres
ne s'en tinrent pas là ; ils l'étendirent ensuite nue, à plat
ventre sur une grande table, ils allumèrent des cierges, ils
placèrent l'image de notre sauveur à sa tête et osèrent
consommer sur les reins de cette malheureuse le plus redou-
table de nos mystères. Je m'évanouis à ce spectacle horrible,
il me fut impossible de le soutenir. Raphaël, voyant cela, dit
que pour m'y apprivoiser il fallait que je servisse d'autel à
mon tour. On me saisit, on me place au même lieu que
Florette et l'infâme Italien avec, des épisodes bien plus
atroces et bien autrement sacrilèges, consomme sur moi la
même horreur qui venait de s'exercer sur ma compagne. On
me retira de là sans mouvement, il fallut me porter dans ma
chambre où je pleurai trois jours de suite en larmes bien
cruelles le crime horrible où j'avais servi malgré moi... Ce
souvenir déchire encore mon cœur, madame, je n'y pense
point sans verser des pleurs ; la religion est en moi l'effet du
sentiment, tout ce qui l'offense ou l'outrage fait jaillir le sang
de mon cœur.

Cependant il ne nous parut pas que la compagne que nous
attendions fût prise dans le concours de peuple qu'avait
attiré la fête. Tout se soutint ainsi quelques semaines
lorsqu'un nouvel événement vint redoubler mon inquiétude.
Il y avait déjà près d'un mois que j'étais dans cette odieuse
maison, quand Raphaël entra vers les neuf heures du matin
dans notre tour. Il paraissait très enflammé, une sorte d'égarement se peignait dans ses regards ; il nous examina toutes,

nous plaça l'une après l'autre dans son attitude chérie, et s'arrêta particulièrement à Omphale. Il reste plusieurs minutes à la contempler dans cette posture, il s'agite sourdement, il se livre à quelqu'une de ses fantaisies de choix, mais ne consomme rien... Ensuite la faisant relever, il la fixe avec des yeux sévères où éclate la férocité :

— Vous nous avez assez servi, lui dit-il enfin, la société ne veut plus de vous, je vous apporte votre congé ; préparez-vous, je viendrai vous chercher moi-même à l'entrée de la nuit.

Cela dit, il l'examine encore avec le même air ; il la replace dans la même attitude, il l'y moleste un instant, et sort aussitôt de la chambre.

Dès qu'il fut dehors, Omphale se jeta dans mes bras :

— Ah, me dit-elle en pleurs, voilà l'instant que j'ai craint autant que désiré... Que vais-je devenir, grand Dieu !

Je fis tout ce que je pus pour la calmer, mais rien n'y parvint ; elle me jura par les serments les plus expressifs de tout mettre en usage pour nous délivrer, et pour porter plainte contre ces traîtres si l'on lui en laissait les moyens, et la façon dont elle me le promit ne me laissa pas douter d'un moment, qu'elle le ferait ou que très certainement la chose était impossible. La journée se passa comme à l'ordinaire, et vers six heures du soir, Raphaël remonta lui-même.

— Allons, dit-il brusquement à Omphale, êtes-vous prête ?

— Oui, mon père.

— Partons, partons promptement.

— Permettez que j'embrasse mes compagnes.

— Bon, bon, cela est inutile, dit le moine en la tirant par le bras, on vous attend, suivez-moi.

Alors elle demanda s'il fallait qu'elle emportât ses hardes.

— Rien, rien, dit Raphaël, tout n'est-il pas à la maison ? vous n'avez plus besoin de tout cela.

Puis se reprenant comme quelqu'un qui en a trop dit :

— Toutes ces hardes vous deviennent inutiles, vous vous en ferez faire sur votre taille qui vous iront bien mieux.

Je demandai au moine s'il voulait me permettre d'accompagner Omphale, seulement jusqu'à la porte de la maison, mais il me répondit par un regard si farouche, que je reculai d'effroi sans récidiver ma demande. Notre malheureuse compagne sortit en jetant des yeux sur moi remplis d'inquiétude et de larmes, et dès qu'elle fut dehors nous nous abandonnâmes toutes trois aux chagrins que cette séparation

nous coûtait. Une demi-heure après Antonin vint nous
prendre pour le souper; Raphaël ne parut qu'environ une
heure après que nous fûmes descendues, il avait l'air très
agité, il parla souvent bas aux autres et néanmoins tout se
passa comme à l'ordinaire. Cependant je remarquai comme
m'en avait prévenue Omphale, que l'on nous fit remonter
beaucoup plus tôt dans nos chambres et que les moines qui
burent infiniment davantage s'en tinrent à exciter leurs
désirs sans jamais se permettre de les consommer. Quelles
inductions tirer de ces remarques? je les fis parce qu'on
prend garde à tout dans pareilles occasions, mais pour les
conséquences je n'eus pas l'esprit de les voir, et peut-être ne
vous rendrais-je pas ces particularités sans l'effet étonnant
qu'elles me firent.

Nous attendîmes deux jours des nouvelles d'Omphale,
tantôt persuadées qu'elle ne manquerait pas au serment
qu'elle avait fait, convaincues l'instant d'après que les cruels
moyens qu'on prendrait vis-à-vis d'elle lui ôteraient toute
possibilité de nous être utile; mais ne voyant rien venir au
bout de sept jours mon inquiétude n'en devint que plus vive.
Le quatrième jour du départ d'Omphale, on nous fit descendre au souper ainsi que cela devait être, mais quelle fut
notre surprise à toutes trois de voir une nouvelle compagne
entrant par une porte du dehors au même instant où nous
paraissions par la nôtre.

— Voilà celle que la société destine à remplacer la dernière
partie, mesdemoiselles, nous dit Raphaël; ayez la bonté de
vivre avec elle comme avec une sœur, et de lui adoucir son
sort en tout ce qui dépendra de vous. Sophie, me dit alors le
supérieur, vous êtes la plus âgée de la classe, et je vous élève
au poste de doyenne; vous en connaissez les devoirs, ayez
soin de les remplir avec exactitude.

Fort peu flattée de cet emploi, j'aurais bien voulu refuser,
mais ne le pouvant pas, perpétuellement obligée de sacrifier
mes désirs et mes volontés à celles de ces vilains hommes, je
m'inclinai et lui promis de tout faire pour qu'il fût content.

Alors on enleva du buste de notre nouvelle compagne les
mantelets et les gazes qui couvraient sa taille et sa tête, et
nous vîmes une jeune fille de l'âge de quinze ans, de la figure
la plus agréable et la plus délicate qu'il fût possible de voir;
ses yeux quoique humides de larmes nous parurent de la plus
intéressante langueur, elle les leva avec grâce sur chacune de
nous et je puis dire que je n'ai vu de ma vie des regards plus

attendrissants; elle avait de grands cheveux blond cendré flottant sur ses épaules en boucles naturelles, une bouche fraîche et vermeille, la tête noblement placée et quelque chose de si séduisant dans l'ensemble qu'il était impossible de la voir, sans se sentir involontairement entraînée vers elle. Nous apprîmes bientôt d'elle-même qu'elle se nommait Octavie, qu'elle était la fille d'un gros négociant de Lyon, qu'elle venait d'être élevée à Paris, et qu'elle s'en retournait avec une gouvernante chez ses parents, lorsque attaquée la nuit entre Auxerre et Vermenton, on l'avait enlevée malgré elle pour la porter dans cette maison, sans qu'elle ait jamais pu savoir des nouvelles de la voiture qui la conduisait, et de la femme qui l'accompagnait; il y avait une heure qu'elle était enfermée seule dans une chambre basse où elle était parvenue par de longs souterrains et qu'elle se livrait là au désespoir, lorsqu'on l'était venu prendre pour la réunir à nous, sans qu'aucun moine lui eût encore dit un seul mot.

Nos quatre libertins, un instant en extase devant autant de charmes, n'eurent la force que de les admirer; l'empire de la beauté contraint au respect, le scélérat le plus corrompu lui rend malgré tout une espèce de culte qui ne s'enfreint pas sans remords. Mais des monstres tels que ceux à qui nous avions affaire languissent peu sous de tels freins.

— Allons, mademoiselle, dit le gardien, faites-nous voir, je vous prie, si le reste de vos charmes répond à ceux que la nature place avec tant de profusion sur vos traits.

Et comme cette belle fille se troublait, comme elle rougissait sans comprendre ce qu'on voulait lui dire, le brutal Antonin la saisit par le bras, et avec des jurements affreux :

— Ne comprenez-vous donc pas, petite pécore, que ce qu'on veut vous dire est de vous mettre à l'instant toute nue...

Nouvelles pleurs... nouvelles défenses, mais Clément la saisissant aussitôt fait disparaître en une minute tout ce qui voile les grâces de cette charmante fille. On ne vit jamais sans doute une peau plus blanche, jamais des formes plus heureuses, mais ce n'est pas à mon pinceau qu'il appartient de peindre tout ce que j'entrevis de beautés; cependant tant de fraîcheur, tant d'innocence et de délicatesse allaient devenir la proie de ces barbares. Ce n'était que pour être flétries par eux que la nature semblait lui prodiguer tant de charmes; le cercle se forma autour d'elle, et ainsi que je l'avais fait, elle le parcourut en tous les sens. Le brûlant Antonin n'a pas la force de résister, un cruel attentat sur ces charmes naissants déter-

mine l'hommage et l'encens fume aux pieds du dieu...
Raphaël voit qu'il est temps de penser à des choses plus
sérieuses; lui-même est hors d'état d'attendre, il se saisit de
la victime, il la place suivant ses désirs; que de nouveaux
charmes ne nous découvre-t-il pas alors..., ne s'en rapportant
pas à ses soins, il prie Clément de la lui contenir. Octavie
pleure, on ne l'entend pas; le feu brille dans les regards de cet
exécrable Italien; maître de la place qu'il prendra d'assaut,
on dirait qu'il n'en considère les avenues que pour mieux
prévenir toutes les résistances; aucune ruse, aucun prépara-
tif ne s'emploie. Quelque énorme disproportion qui se trouve
entre l'assaillant et la rebelle, celui-ci n'entreprend pas
moins la conquête; un cri touchant de la victime nous
annonce enfin sa défaite. Mais rien n'attendrit son fier vain-
queur; plus elle a l'air d'implorer sa grâce, plus il la presse
avec férocité, et la malheureuse à mon exemple est ignominieusement immolée sans avoir cessé d'être vierge.

— Jamais lauriers ne furent plus difficiles, dit Raphaël en
se remettant, j'ai cru que pour la première fois de ma vie,
j'échouerais en les arrachant.

— Que je la saisisse de là, dit Antonin sans la laisser
relever, il est plus d'une brèche au rempart et vous n'avez
ouvert que la plus étroite.

Il dit, et en s'avançant fièrement au combat, en une minute,
il est maître de la place; de nouveaux gémissements
s'entendent...

— Dieu soit loué, dit ce monstre horrible, j'aurais douté de
la défaite sans les complaintes de la vaincue, et je n'estime
mon triomphe que quand il a coûté des pleurs.

— En vérité, dit Jérôme en s'avançant les faisceaux à la
main, je ne dérangerai point non plus cette douce attitude,
elle favorise au mieux mes desseins.

Il considère, il touche, il palpe, l'air retentit aussitôt d'un
sifflement affreux. Les belles chairs d'Octavie changent de
couleurs, la teinte de l'incarnat le plus vif se mêle à l'éclat des
lis, mais ce qui divertirait peut-être un instant l'amour si la
modération dirigeait ces manies, devient incessamment un
crime envers ses lois. Rien n'arrête le perfide moine, plus
l'écolière se plaint et plus éclate la sévérité du régent... tout
est traité de la même manière, rien n'obtient grâce à ses
regards; il n'est bientôt plus une seule partie de ce beau corps
qui ne porte l'empreinte de sa barbarie, et c'est enfin sur les
vestiges sanglants de ses odieux plaisirs que le perfide apaise
ses feux.

— Je serai plus doux que tout cela, dit Clément en saisissant la belle entre ses bras et collant un baiser impur sur sa
bouche de corail... voilà le temple où je vais sacrifier...

Quelques nouveaux baisers l'enflamment encore sur cette
bouche adorable, formée par Vénus même. C'est le reptile
impur flétrissant une rose. Il contraint cette malheureuse
fille aux infamies qui le délectent, et l'organe heureux des
plaisirs, le plus doux asile de l'amour se souille enfin par des
horreurs.

Le reste de la soirée devint semblable à tout ce que vous
savez, mais la beauté, l'âge touchant de cette jeune fille
enflammant encore mieux ces scélérats, toutes leurs atrocités
redoublèrent et la satiété bien plus que la pitié, en renvoyant
cette infortunée dans sa chambre, lui rendit au moins pour
quelques heures le calme dont elle avait besoin. J'aurais bien
désiré pouvoir la consoler au moins cette première nuit, mais
obligée de la passer avec Antonin, c'eût été moi-même au
contraire qui me fusse trouvée dans le cas d'avoir besoin de
secours ; j'avais eu le malheur, non pas de plaire, le mot ne
serait pas convenable, mais d'exciter plus ardemment qu'une
autre les infâmes désirs de ce débauché, et il s'écoulait peu de
semaines depuis longtemps sans que je n'en passasse quatre
ou cinq nuits dans sa chambre. Je retrouvai le lendemain en
rentrant ma nouvelle compagne dans les pleurs, je lui dis tout
ce qui m'avait été dit pour me calmer, sans y réussir avec elle
plus qu'on n'avait réussi avec moi. Il n'est pas bien aisé de se
consoler d'un changement de sort aussi subit ; cette jeune fille
d'ailleurs avait un grand fonds de piété, de vertu, d'honneur
et de sentiment, son état ne lui parut que plus cruel. Raphaël
qui l'avait prise fort en gré passa plusieurs nuits de suite avec
elle, et peu à peu elle fit comme les autres, elle se consola de
ses malheurs par l'espérance de les voir finir un jour.
Omphale avait eu raison de me dire que l'ancienneté ne
faisait rien aux réformes, que seulement dictées par le
caprice des moines ou peut-être par quelques recherches
ultérieures on pouvait la subir au bout de huit jours comme
au bout de vingt ans ; il n'y avait pas six semaines qu'Octavie
était avec nous, quand Raphaël vint lui annoncer son
départ... elle nous fit les mêmes promesses qu'Omphale et
disparut comme elle sans que nous ayons jamais su ce qu'elle
était devenue.

Nous fûmes environ un mois sans voir arriver de remplacement. Ce fut pendant ce temps que j'eus, comme Omphale,

occasion de me persuader que nous n'étions pas les seules
filles qui habitassent cette maison et qu'un autre bâtiment
sans doute recelait un pareil nombre que le nôtre, mais
Omphale ne put que soupçonner et mon aventure bien autrement convaincante confirma tout à fait mes soupçons ; voici
comme cela arriva. Je venais de passer la nuit chez Raphaël
et j'en sortais suivant l'usage sur les sept heures du matin,
lorsqu'un frère inconnu de moi, aussi vieux, aussi dégoûtant
que le nôtre mais point muet comme l'avait cru Omphale,
survint tout à coup dans le corridor avec une grande fille de
dix-huit à vingt ans qui me parut fort jolie. Raphaël qui
devait me ramener, se faisait attendre ; il arriva comme
j'étais positivement en face de cette fille que le frère ne savait
où mettre pour la cacher à mes regards.

— Où menez-vous cette créature ? dit le gardien furieux.
— Chez vous, mon révérend père, répondit le mercure.
Votre Grandeur oublie qu'elle m'en a donné l'ordre hier au
soir.
— Je vous ai dit neuf heures, au sortir de ma messe.
— A sept, monseigneur, vous m'avez dit que vous la vou-
liez voir avant de descendre à l'église.

Et pendant ce sabbat je considérais cette compagne qui me
regardait avec le même étonnement.
— Et bien qu'importe, dit Raphaël en me ramenant dans
sa chambre et y faisant entrer cette fille. Tenez, me dit-il,
Sophie, après avoir fermé sa porte et fait attendre le frère,
cette dulcinée occupe dans une autre tour le même poste dont
vous êtes honorée dans la vôtre ; il n'y a point d'inconvénients
à ce que nos deux doyennes se voient et pour que la connaissance soit plus entière, Sophie, je vais te faire voir notre
Marianne toute nue.

Et cette Marianne, qui me paraissait une fille très effrontée,
se déshabilla dans l'instant, et Raphaël me contraignit à me
prêter devant lui aux attaques de cette nouvelle Sapho qui,
portant l'effronterie au dernier période, veut triompher de
ma pudeur. Le spectacle, renouvelé deux ou trois fois,
enflamma de nouveau les désirs du moine, il saisit Marianne
et la soumit à des plaisirs de son choix, pendant que je servis
de perspective. Enfin content de cette nouvelle débauche, il
nous renvoya chacune de notre côté en nous imposant le
silence.

Je promis le secret exigé et revins trouver mes compagnes
bien assurée maintenant que nous n'étions pas les seules qui
servissions aux plaisirs monstrueux de ces effrénés libertins.

Octavie fut bientôt oubliée; une charmante petite fille de douze ans, fraîche et jolie mais bien inférieure à cette beauté, fut l'objet qui la remplaça. Florette partit à son tour, me jurant comme Omphale de me donner de [ses] nouvelles et n'y réussissant pas plus que cette infortunée. Elle fut remplacée par une Dijonnaise de quinze ans, très jolie, qui m'enleva bientôt les fâcheuses faveurs d'Antonin, mais je vis que si j'avais perdu les bonnes grâces de ce moine, j'étais incessamment à la veille de perdre également celle de tous. L'inconstance de ces malheureux me fit frémir sur mon sort, je sentis bien qu'elle annonçait ma retraite, et je n'avais que trop de certitude que cette cruelle réforme était une sentence de mort, pour n'en pas être un instant alarmée. Je dis un instant! malheureuse comme je l'étais, pouvais-je donc tenir à la vie, et le plus grand bonheur qui pût m'arriver n'était-il pas d'en sortir? Ces réflexions me consolèrent, et me firent attendre mon sort avec tant de résignation que je n'employai aucun moyen pour me remettre en crédit. Les mauvais procédés m'accablaient, il n'y avait pas de moment où l'on ne se plaignît de moi, pas de jour où je ne fusse punie; je priais le ciel et j'attendais mon arrêt; j'étais peut-être à la veille de le recevoir lorsque la main de la providence, lassée de me tourmenter de la même manière, m'arracha de ce nouvel abîme, pour me replonger bientôt dans un autre. N'empiétons pas sur les événements et commençons par vous raconter celui qui nous délivra enfin toutes des mains de cette indigne maison.

Dès lors, je m'occupai vivement de m'évader de cette affreuse maison; je me résolus à tout tenter pour y parvenir, mais il fallait avant que les affreux exemples du vice récompensé se soutinssent encore dans cette circonstance, comme ils l'avaient toujours été à mes yeux à chaque événement de ma vie; il était écrit que ceux qui m'avaient tourmentée, humiliée, tenue dans les fers, recevraient sans cesse à mes regards le prix de leurs forfaits, comme si la providence eût pris à tâche de me montrer l'inutilité de la vertu; funeste leçon qui ne me corrigea point et qui, dussé-je échapper encore au glaive suspendu sur ma tête, ne m'empêchera point d'être toujours l'esclave de cette divinité de mon cœur.

Un matin sans que nous nous y attendissions, Antonin parut dans notre chambre, et nous annonça que le révérend père Raphaël, parent et protégé du Saint-Père, venait d'être nommé par Sa Sainteté général de l'ordre de Saint-François :

— Et moi, mes enfants, nous dit-il, je passe au gardiennat de Lyon ; deux nouveaux pères vont nous remplacer incessamment dans cette maison, peut-être arriveront-ils dans la journée ; nous ne les connaissons pas, il est aussi possible qu'ils vous renvoient chacune chez vous comme il l'est qu'ils vous conservent, mais quel que soit votre sort, je vous conseille pour vous-mêmes, et pour l'honneur des deux confrères que nous laissons ici, de déguiser les détails de notre conduite, et de n'avouer que ce dont il est impossible de ne pas convenir.

Une nouvelle aussi flatteuse pour nous ne permettait pas que nous refusassions à ce moine ce qu'il paraissait désirer : nous lui promîmes tout ce qu'il désirait, et le libertin voulut encore nous faire ses adieux à toutes les quatre. La fin prochaine de mes malheurs ou l'espérance au moins qu'ils allaient cesser m'en fit supporter les derniers coups sans me plaindre. On nous servit à dîner comme à l'ordinaire ; environ deux heures après, le père Clément entra dans notre chambre avec deux nouveaux religieux vénérables et par leur âge et par leur figure.

— Convenez, mon père, dit l'un d'eux à Clément, convenez que cette débauche est horrible et qu'il est bien singulier que le ciel l'ait soufferte si longtemps.

Clément convint de tout, il s'excusa sur ce que ni lui ni ses confrères n'avaient rien innové, et qu'ils avaient les uns et les autres trouvé tout dans l'état où ils le rendaient ; qu'à la vérité les sujets variaient, mais qu'ils avaient trouvé de même cette variété établie, et qu'ils n'avaient donc fait en tout que suivre l'usage indiqué par leurs prédécesseurs.

— Soit, reprit le même religieux qui me parut être le nouveau gardien et qui l'était en effet, soit, mais détruisons promptement ces horreurs, mon père, elles révolteraient dans des gens du monde, je vous laisse à penser ce qu'elle doit être pour des moines.

Alors cet honnête ecclésiastique nous demanda ce que nous voulions devenir. Chacune répondit qu'elle désirait retourner ou dans son pays ou dans sa famille.

— Cela sera, mes enfants, dit le moine, et je vous remettrai même à chacune la somme nécessaire pour vous y rendre, mais il faudra que vous partiez à pied, l'une après l'autre, à deux jours de distance, et que jamais vous ne révéliez rien de ce qui s'est passé dans cette maison.

Nous le jurâmes... mais le gardien ne se contenta point de

ce serment, il nous exhorta à nous approcher des sacrements ; aucune de nous ne refusa et là, il nous fit jurer au pied de l'autel que nous voilerions à jamais ce qui s'était passé dans ce couvent. Je le fis comme les autres, et si j'enfreins près de vous ma promesse, madame, c'est que je saisis plutôt l'esprit que la lettre du serment ; son objet était qu'il ne se fît jamais aucune plainte, et je suis bien certaine en vous racontant ces aventures qu'il n'en résultera jamais rien de fâcheux pour l'ordre de ces pères. Mes compagnes partirent les premières, et comme il nous était défendu de prendre ensemble aucun rendez-vous et que nous avions été séparées dès l'instant de l'arrivée du nouveau gardien, nous ne nous retrouvâmes plus. J'avais demandé d'aller à Grenoble, on me donna deux louis pour m'y transporter ; je repris les vêtements que j'avais en arrivant dans cette maison, j'y retrouvai les huit louis qui me restaient encore, et pleine de satisfaction de fuir enfin pour jamais cet asile effrayant du vice, et d'en sortir d'une manière aussi douce et aussi peu attendue, je m'enfonçai dans le bois, et me retrouvai sur la route d'Auxerre au même endroit où je l'avais quittée pour venir me jeter moi-même dans le lac, trois ans juste après cette sottise, c'est-à-dire âgée pour lors de vingt-cinq ans moins quelques semaines. Mon premier soin fut de me jeter à genoux et de demander à Dieu de nouveaux pardons des fautes involontaires que j'avais commises ; je le fis avec plus de componction encore que je ne l'avais fait en face des autels souillés de la maison infâme que j'abandonnais avec tant de joie. Des larmes de regret coulèrent ensuite de mes yeux : Hélas, me dis-je, j'étais bien moins criminelle quand je quittai autrefois cette même route, guidée par un principe de dévotion si funestement trompé... Ah Dieu ! dans quel triste état puis-je me contempler maintenant ! Ces funestes réflexions un peu calmées par le plaisir de me voir libre, je continuai ma route. Pour ne pas vous ennuyer plus longtemps, madame, de détails dont je crains de lasser votre patience, je ne m'arrêterai plus si vous le trouvez bon, qu'aux événements ou qui m'apprirent des choses essentielles, ou qui changèrent encore le cours de ma vie. M'étant reposée quelque temps à Lyon, je jetai par hasard un jour les yeux sur une gazette étrangère appartenant à la femme chez laquelle je logeais, et quelle fut ma surprise d'y voir encore le crime couronné, d'y voir au pinacle un des principaux auteurs de mes maux. Rodin, cet infâme qui m'avait si cruellement punie de lui avoir épargné un meurtre, obligé de quitter la France pour en avoir commis d'autres sans doute, venait, disait cette feuille de nouvelles, d'être nommé premier chirurgien du roi de Danemark avec des appointements considérables. Qu'il soit fortuné, le scélérat, me dis-je, qu'il le soit puisque la providence le veut, et toi malheureuse créature, souffre seule, souffre sans te plaindre, puisqu'il est écrit que les tribulations et les peines doivent être l'affreux partage de la vertu !

Je partis de Lyon au bout de trois jours pour prendre la route du Dauphiné, pleine du fol espoir qu'un peu de prospérité m'attendait dans cette province. A peine fus-je à deux lieues de Lyon, voyageant toujours à pied comme à mon ordinaire avec une couple de chemises et de mouchoirs dans mes poches, que je rencontrai une vieille femme qui m'aborda avec l'air de la douleur et qui me conjura de lui faire quelques charités. Compatissante de mon naturel, ne connaissant nul charme au monde comparable à celui d'obliger, je sors à l'instant ma bourse à dessein d'en tirer quelques pièces de monnaie et de les donner à cette femme, mais l'indigne créature, bien plus prompte que moi quoique je l'eusse jugée d'abord vieille et cassée, saisit lestement ma bourse, me renverse d'un vigoureux coup de poing dans l'estomac, et ne reparaît plus à mes yeux, dès que je suis relevée, qu'à cent pas de là, entourée de quatre coquins, qui me font des gestes menaçants si j'ose approcher. Oh juste ciel, m'écriai-je avec amertume, il est donc impossible qu'aucun mouvement vertueux puisse naître en moi, sans être à l'instant puni par les fléaux les plus cruels qui soient à redouter pour moi dans l'univers ! En ce moment affreux, tout mon courage fut prêt à m'abandonner. J'en demande pardon au ciel, mais la révolte fut bien près de mon cœur. Deux affreux partis s'offrirent à moi ; je voulus, ou m'aller joindre aux fripons qui venaient de me léser aussi cruellement, ou retourner dans Lyon m'abandonner au libertinage... Dieu me fit la grâce de ne pas succomber et quoique l'espoir qu'il alluma de nouveau dans mon âme ne fût que l'aurore d'adversités plus terribles encore, je le remercie cependant de m'avoir soutenue. La chaîne des malheurs qui me conduit aujourd'hui quoique innocente à l'échafaud, ne me vaudra jamais que la mort ; d'autres partis m'eussent valu la honte, les remords, l'infamie, et l'un est bien moins cruel pour moi que le reste.

Je continuai ma route, décidée à vendre à Vienne le peu d'effets que j'avais sur moi pour gagner Grenoble. Je chemi-

nais tristement, lorsqu'à un quart de lieue de cette ville,
j'aperçus dans la plaine à droite du chemin, deux hommes à
cheval qui en foulaient un troisième aux pieds de leurs
chevaux, et qui après l'avoir laissé comme mort se sauvèrent
à toutes brides. Ce spectacle affreux m'attendrit jusqu'aux
larmes... Hélas, me dis-je, voilà un infortuné plus à plaindre
encore que moi; il me reste au moins la santé et la force, je
puis gagner ma vie, et s'il n'est pas riche, qu'il soit dans le
même cas que moi, le voilà estropié pour le reste de ses jours.
Que va-t-il devenir? A quelque point que j'eusse dû me
défendre de ces sentiments de commisération, quelque cruellement que je vinsse d'en être punie, je ne pus résister à m'y
livrer encore. Je m'approche de ce moribond; j'avais un peu
d'eau spiritueuse dans un flacon, je lui en fais respirer; il
ouvre les yeux à la lumière, ses premiers mouvements sont
ceux de la reconnaissance, ils m'engagent à continuer mes
soins; je déchire une de mes chemises pour le panser, un de
ces seuls effets qui me restent pour prolonger ma vie, je le
mets en morceaux pour cet homme, j'étanche le sang qui
coule de quelques-unes de ses plaies, je lui donne à boire un
peu de vin dont je portais toujours quelques cuillerées dans
un autre flacon pour ranimer ma marche dans mes instants
de lassitude, j'emploie le reste du linge à bassiner ses contu-
sions. Enfin le malheureux reprend tout à coup ses forces;
quoique à pied et dans un équipage assez leste, il ne paraissait pourtant point dans la médiocrité, il avait quelques effets
de prix, des bagues, une montre, et autres bijoux, fort endom-
magés de son aventure. Il me demande enfin, dès qu'il peut
parler, quel est l'ange bienfaisant qui lui apporte du secours,
et ce qu'il peut faire pour en témoigner sa gratitude. Ayant
encore la bonhomie de croire qu'une âme enchaînée par la
reconnaissance devait être à moi sans retour, je crois pouvoir
jouir en sûreté du doux plaisir de faire partager mes pleurs à
celui qui vient d'en verser dans mes bras, je lui raconte toutes
mes aventures, il les écoute avec intérêt et quand j'ai fini par
la dernière catastrophe qui vient de m'arriver, dont le récit
lui prouve l'état cruel de misère dans lequel je suis :
— Que je suis heureux, s'écrie-t-il, de pouvoir au moins
reconnaître tout ce que vous venez de faire pour moi! Je
m'appelle Dalville, continue cet aventurier, je possède un fort
beau château dans les montagnes à quinze lieues d'ici; je
vous y propose une retraite si vous voulez m'y suivre, et pour
que cette offre n'alarme point votre délicatesse, je vais vous

expliquer tout de suite à quoi vous me serez utile. Je suis marié, ma femme a besoin près d'elle d'une femme sûre ; nous avons renvoyé dernièrement un mauvais sujet, je vous offre sa place.

Je remerciai humblement mon protecteur et lui demandai par quel hasard un homme comme il me paraissait être se hasardait à voyager sans suite et s'exposait comme ça venait de lui arriver, à être malmené par des fripons.

— Un peu puissant, jeune, et vigoureux, je suis depuis longtemps, me dit Dalville, dans l'habitude de venir de chez moi à Vienne de cette manière ; ma santé et ma bourse y gagnent. Ce n'est pas cependant que je sois dans le cas de prendre garde à la dépense, car Dieu merci je suis riche et vous en verrez incessamment la preuve si vous me faites l'amitié de venir chez moi. Ces deux hommes auxquels vous voyez que je viens d'avoir affaire sont deux petits gentillâtres du canton, n'ayant que la cape et l'épée, l'un garde du corps, l'autre gendarme, c'est-à-dire deux escrocs ; je leur gagnai cent louis la semaine passée dans une maison à Vienne ; bien éloignés d'en avoir à eux deux la trentième partie, je me contentai de leur parole, je les rencontre aujourd'hui, je leur demande ce qu'ils me doivent... et vous avez vu comme ils m'ont payé.

Je déplorais avec cet honnête gentilhomme le double malheur dont il était victime, lorsqu'il me proposa de nous remettre en route.

— Je me sens un peu mieux, grâce à vos soins, dit Dalville ; la nuit s'approche, gagnons un logis distant d'environ deux lieues d'ici, d'où moyen en les secours que nous y prendrons demain matin, nous pourrons peut-être arriver chez moi le même soir.

Absolument décidée à profiter du secours que le ciel semblait m'envoyer, j'aide à Dalville à se remettre en marche, je le soutiens pendant la route, et quittant absolument tout chemin connu, nous nous avançons par des sentiers à vol d'oiseau vers les Alpes. Nous trouvons effectivement à près de deux lieues l'auberge qu'avait indiquée Dalville, nous y soupons gaiement et honnêtement ensemble ; après le repas, il me recommande à la maîtresse du logis qui me fait coucher auprès d'elle, et le lendemain sur deux mules de louage qu'escortait un valet de l'auberge à pied, nous gagnons les frontières du Dauphiné, nous dirigeant toujours vers les montagnes. Dalville très maltraité ne put cependant pas soutenir la course entière, et je n'en fus pas fâchée pour moi-même qui, peu accoutumée à aller à cette façon, me trouvais également fort incommodée. Nous nous arrêtâmes à Virieu où j'éprouvai les mêmes soins et les mêmes honnêtetés de mon guide, et le lendemain nous continuâmes notre marche toujours dans la même direction. Sur les quatre heures du soir, nous arrivâmes au pied des montagnes; là le chemin devenant presque impraticable, Dalville recommanda au muletier de ne pas me quitter de peur d'accident, et nous nous enfilâmes dans les gorges; nous ne fîmes que tourner et monter près de quatre lieues, et nous avions alors tellement quitté toute habitation et toute route humaine, que je me crus au bout de l'univers. Un peu d'inquiétude commença à me saisir. En m'égarant ici dans les roches inabordables, je me rappelai les détours de la forêt du couvent de Sainte-Marie-des-Bois, et l'aversion que j'avais prise pour tous les lieux isolés me fit frémir de celui-ci. Enfin nous aperçûmes un château perché sur le bord d'un précipice affreux et qui, paraissant suspendu sur la pointe d'une roche escarpée, donnait plutôt à cette maison l'air d'une habitation de revenants que celle de gens faits pour la société. Nous apercevions ce château sans qu'aucun chemin parût y aboutir, celui que nous suivions, pratiqué seulement par les chèvres, rempli de cailloux de tous côtés, y conduisait cependant, mais par des circuits infinis : Voilà mon habitation, me dit Dalville dès qu'il crut que le château avait frappé mes regards, et sur ce que je lui témoignai mon étonnement de le voir habiter une telle solitude, il me répondit assez brusquement qu'on habitait où l'on pouvait. Je fus aussi choquée qu'effrayée du ton; rien n'échappe dans le malheur, une inflexion plus ou moins différente chez ceux de qui nous dépendons étouffe ou ranime l'espoir; cependant comme il n'était plus temps de reculer je [ne] fis semblant de rien. Encore à force de tourner cette antique masure, elle se trouva tout à coup en face de nous; là Dalville descendit de sa mule et m'ayant dit d'en faire autant, il les rendit toutes deux au valet, le paya et lui ordonna de s'en retourner, autre cérémonie qui me déplut souverainement. Le patron s'aperçut de mon trouble.

— Qu'avez-vous, Sophie, me dit-il en nous acheminant à pied vers son habitation, vous n'êtes point hors de France, ce château est sur les frontières du Dauphiné, mais il en dépend toujours.

— Mais, monsieur, osai-je objecter ici, comment peut-il vous être venu dans l'esprit de vous fixer dans un tel coupe-gorge ?

— Oh coupe-gorge, non, me dit Dalville en me regardant de travers, ce n'est pas tout à fait un coupe-gorge, mon enfant, mais ce n'est pas non plus l'habitation d'une société de gens de bien.

— Ah monsieur, répondis-je, vous me faites frémir, où me menez-vous donc ?

— Je te mène servir des faux-monnayeurs, catin, me dit Dalville, en me saisissant par le bras, et me faisant traverser de force un pont-levis qui s'abaissa à notre arrivée et se releva tout aussitôt. T'y voilà, ajouta-t-il dès que nous fûmes dans la cour ; vois-tu ce puits ? continua-t-il en me montrant une grande et profonde citerne avoisinant la porte, dont deux femmes nues et enchaînées faisaient mouvoir la roue qui versait de l'eau dans un réservoir. Voilà tes compagnes, et voilà ta besogne ; moyennant que tu travailleras douze heures par jour à tourner cette roue, que tu seras comme tes compagnes traitée chaque fois que tu te relâcheras, il te sera accordé six onces de pain noir et un plat de fèves par jour. Pour ta liberté, renonces-y, tu ne reverras jamais le ciel ; quand tu seras morte à la peine, on te jettera dans ce trou que tu vois à côté du puits, par-dessus trente ou quarante qui y sont déjà et on te remplacera par une autre.

— Juste ciel, monsieur, m'écriai-je en me jetant aux pieds de Dalville, daignez vous rappeler que je vous ai sauvé la vie, qu'un instant ému par la reconnaissance vous semblâtes m'offrir le bonheur, et que ce n'était pas à cela que je devais m'attendre.

— Qu'entends-tu par ce sentiment de reconnaissance dont tu t'imagines m'avoir captivé ? Raisonne donc mieux, chétive créature, que faisais-tu quand tu m'as secouru ? Entre la possibilité de suivre ton chemin et celle de venir à moi, tu choisis la dernière comme un mouvement que ton cœur t'inspirait... Tu te livrais donc à une jouissance ? Par où diable prétends-tu que je sois obligé de te récompenser des plaisirs que tu t'es donnés et comment te vint-il jamais dans l'esprit qu'un homme comme moi qui nage dans l'or et dans l'opulence, qu'un homme qui, riche de plus d'un million de revenu, est prêt à passer à Venise pour en jouir à l'aise, daigne s'abaisser à devoir quelque chose à une misérable de ton espèce ? M'eusses-tu rendu la vie, je ne te devrais rien dès que tu n'as travaillé que pour toi. Au travail, esclave, au travail ! apprends que la civilisation, en bouleversant les institutions de la nature, ne lui enleva pourtant point ses droits ; elle créa dans l'origine des êtres forts et des êtres faibles, son intention est que ceux-ci soient toujours subordonnés aux autres comme l'agneau l'est toujours au lion, comme l'insecte l'est à l'éléphant ; l'adresse et l'intelligence de l'homme varièrent la position des individus ; ce ne fut plus la force physique qui détermina le rang, ce fut celle qu'il acquit par ses richesses. L'homme le plus riche devint l'homme le plus fort, le plus pauvre devint le plus faible, mais à cela près des motifs qui fondaient la puissance, la priorité du fort sur le faible fut toujours dans les lois de la nature à qui il devenait égal que la chaîne qui captivait le faible fût tenue par le riche ou par le plus fort, et qu'elle écrasât le plus faible ou bien le plus pauvre. Mais ces mouvements de reconnaissance dont tu veux me parler, Sophie, elle les méconnaît ; il ne fut jamais dans ses lois que le plaisir où l'on se livrait en obligeant devînt un motif pour celui qui recevait de se relâcher de ses droits sur l'autre. Vois-tu chez les animaux qui nous servent d'exemple ces sentiments dont tu te targues ? Lorsque je te domine par ma richesse ou par ma force, est-il naturel que je t'abandonne mes droits, ou parce que tu t'es servie toi-même, ou parce que ta politique t'a dicté de te racheter en me servant ? Mais le service fût-il même rendu d'égal à égal jamais l'orgueil d'une âme élevée ne se laissera abaisser par la reconnaissance. N'est-il pas toujours humilié, celui qui reçoit de l'autre, et cette humiliation qu'il éprouve ne paye-t-elle pas suffisamment l'autre du service qu'il a rendu ? n'est-ce pas une jouissance pour l'orgueil que de s'élever au-dessus de son semblable, en faut-il d'autre à celui qui oblige, et si l'obligation en humiliant l'orgueil de celui qui reçoit devient un fardeau pour lui, de quel droit l'obliger à le garder ? pourquoi faut-il que je consente à me laisser humilier chaque fois que les regards de celui qui m'oblige me frappent ? L'ingratitude, au lieu d'être un vice, est donc la vertu des âmes fières aussi certainement que la bienfaisance n'est que celle des âmes faibles ; l'esclave la prêche à son maître parce qu'il en a besoin, le bœuf et l'âne la préconiseraient aussi s'ils savaient parler ; mais le plus fort, mieux guidé par ses intérêts et par la nature, ne doit se rendre qu'à ce qui le sert ou qu'à ce qui le flatte. Qu'on oblige tant qu'on voudra si l'on y trouve une jouissance, mais qu'on n'exige rien pour avoir joui.

A ces sophismes affreux auxquels Dalville ne me donna pas le temps de répondre, deux valets me saisirent par ses ordres, me dépouillèrent et m'enchaînèrent avec mes deux compagnes, que je fus obligée d'aider dès le même soir, sans qu'on me permît de me reposer de la marche énorme que je venais de faire. Il n'y avait pas dix minutes que j'étais à cette fatale roue, quand toute la bande des monnayeurs, qui venait de finir son travail, m'entoura pour m'examiner ayant le chef à leur tête. Tous m'accablèrent de sarcasmes et d'impertinences relativement à la marque flétrissante que je portais innocemment sur mon malheureux corps. Cette douloureuse scène finie, ils s'éloignèrent ; Dalville saisissant alors une longue canne armée d'un aiguillon de fer, toujours accrochée là pour le besoin, m'en appuie cinq ou six coups dans les chairs qui font jaillir le sang.

— Voilà comme tu seras traitée, coquine, me dit-il en me les appliquant, quand malheureusement tu manqueras à ton devoir ; je ne te fais pas ceci pour y avoir manqué, mais seulement pour te montrer comme je traite celles qui y manquent.

Chacune de ces piqûres m'ayant occasionné d'affreuses douleurs, je jetai les hauts cris en me débattant sous mes fers ; ces contorsions et ces hurlements servirent de risée aux monstres qui m'observaient, et j'eus la cruelle satisfaction d'apprendre là que s'il est des hommes qui, conduits par la vengeance ou par d'indignes voluptés, peuvent jouir de la douleur des autres, il en est aussi quelques-uns assez barbarement organisés pour goûter les mêmes charmes sans autres motifs que la tyrannie, ou la plus affreuse curiosité. L'homme est donc naturellement méchant, et dans toutes les situations de la vie, les maux de son semblable sont donc décidément d'exécrables jouissances pour lui.

Trois réduits obscurs et séparés l'un de l'autre, fermés comme des prisons, étaient autour de ce puits où nous travaillions ; dès qu'il fut nuit un des valets qui m'avaient attachée m'indiqua la mienne et je me retirai après avoir reçu de lui la portion d'eau, de fèves et de pain qui m'était destinée. Ce fut là où je pus enfin m'abandonner tout à l'aise à l'horreur de ma situation. Est-il possible, me disais-je, qu'il y ait des hommes assez barbares pour étouffer en eux le sentiment de la reconnaissance, cette vertu où je me livrerais avec tant de charmes, si jamais une âme honnête me mettait dans le cas de la sentir ? peut-elle donc être méconnue, et celui qui l'étouffe avec tant d'inhumanité doit-il être autre chose qu'un monstre ? J'étais occupée de ces réflexions entremêlées des larmes les plus amères, lorsque tout à coup la porte de mon cachot s'ouvrit ; c'était Dalville. Sans dire un mot, sans prononcer une parole, il pose à terre la bougie dont il est éclairé, se jette sur moi comme une bête féroce, me soumet à ses désirs, en repoussant avec des coups les défenses que je cherche à lui opposer, méprise celles qui ne sont l'ouvrage que de mon esprit, se satisfait brutalement, reprend sa lumière, disparaît et ferme la porte. Eh bien, me dis-je, est-il possible de porter l'outrage plus loin et quelle différence peut-il y avoir entre un tel homme et l'animal le moins apprivoisé des bois ?

Cependant le soleil se lève sans que j'aie joui d'un seul instant de repos, nos cachots s'ouvrent, on nous renchaîne, et nous reprenons notre triste ouvrage. Mes compagnes étaient des filles de vingt-cinq à trente ans qui, quoique abruties par la misère et déformées par l'excès des peines physiques, annonçaient encore quelque reste de beauté ; leur taille était belle et bien prise, et l'une des deux avait encore des cheveux superbes. Une triste conversation m'apprit qu'elles avaient été l'une et l'autre en des temps différents maîtresse de Dalville, ou à Lyon, ou à Grenoble ; qu'il les avait amenées dans cet horrible asile où il les avait aussitôt condamnées aux travaux où je les aidais. J'appris par elles qu'il avait encore au moment présent une maîtresse charmante mais qui, plus heureuse qu'elles, le suivrait sans doute à Venise où il était à la veille de se rendre, si les sommes considérables qu'il venait de faire dernièrement passer en Espagne, lui rapportaient les lettres de change qu'il attendait pour l'Italie, parce qu'il ne voulait point apporter son or à Venise ; il n'y en envoyait jamais, c'était dans un pays différent que celui qu'il comptait habiter, qu'il faisait passer ses fausses espèces à des correspondants ; par ce moyen ne se trouvant riche dans le lieu où il voulait se fixer, que de papier d'un royaume différent, son manège ne pouvait jamais être découvert, et sa fortune restait solidement établie. Mais tout pouvait manquer en un instant et la retraite qu'il méditait dépendait absolument de cette dernière négociation où la plus grande partie de ses trésors était compromise ; si Cadix acceptait ses piastres et ses louis faux, et lui envoyait pour cela d'excellent papier sur Venise, il était heureux le reste de ses jours ; si la friponnerie se découvrait, il courait risque d'être dénoncé et traité

comme il le méritait. Hélas, me dis-je alors en apprenant ces
particularités, la providence sera juste une fois, elle ne permettra pas qu'un monstre comme celui-là réussisse et nous
serons toutes trois vengées. Sur les midi on nous donnait
deux heures de repos dont nous profitions pour aller toujours
séparément respirer et dîner dans nos chambres ; à deux
heures on nous renchaînait et on nous faisait tourner jusqu'à
la nuit sans qu'il nous fût jamais permis d'entrer dans le
château. La raison qui nous faisait tenir ainsi nues cinq mois
de l'année, était à cause des chaleurs insoutenables avec le
travail excessif que nous faisions, et pour être d'ailleurs à ce
que m'assurèrent mes compagnes, plus à portée de recevoir
les coups d'aiguillon que venait nous appliquer de temps en
temps notre farouche maître. L'hiver, on nous donnait un
pantalon et un gilet serré sur la peau, espèce d'habit qui nous
enfermant étroitement de partout, exposait de même avec
facilité nos malheureux corps aux coups de notre bourreau.
Dalville ne parut point ce premier jour, mais vers minuit, il
fit la même chose qu'il avait faite la veille. Je voulus profiter
de ce moment pour le supplier d'adoucir mon sort.

— Et de quel droit, me dit le barbare quand ses passions
furent satisfaites, est-ce parce que je veux bien passer un
instant ma fantaisie avec toi ? mais vais-je à tes pieds exiger
des faveurs de l'acquiescement desquelles tu puisses exiger
quelque dédommagement ? Je ne te demande rien... je prends
et je ne vois pas que de ce que j'use d'un droit sur toi, il doive
résulter que je doive m'abstenir d'en exiger un second. Il n'y a
point d'amour dans mon fait, c'est un sentiment qui ne fut
jamais connu de mon cœur, je me sers d'une femme par
besoin, comme on se sert d'un vase dans un besoin différent,
mais n'accordant jamais à cet être, que mon argent ou mes
forces soumettent à mes désirs, ni estime ni tendresse, ne
devant ce que je prends qu'à moi-même et n'exigeant jamais
d'elle que de la soumission, je ne puis être tenu d'après cela à
lui accorder aucune gratitude. Il vaudrait autant dire qu'un
voleur qui arrache la bourse d'un homme dans un bois parce
qu'il se trouve plus fort que lui, lui doit quelque reconnaissance de l'or dont il vient de le léser ; il en est de même de
l'outrage qu'on fait à une femme, ce peut être un titre pour lui
en faire un second, mais jamais une raison suffisante pour lui
accorder des dédommagements.

Dalville qui venait de se satisfaire sort brusquement en
disant ces mots et me replonge dans de nouvelles réflexions,

qui comme vous croyez bien ne sont pas à son avantage. Le soir il vient nous voir travailler et trouvant que nous n'avions pas fourni dans le jour la quantité d'eau ordinaire, il se saisit de son cruel aiguillon et nous mit en sang toutes les trois, sans que (quoique aussi peu épargnée que les autres) cela l'empêchât de venir cette même nuit se comporter avec moi comme il avait fait précédemment. Je lui montrai les blessures dont il m'avait couverte, j'osai lui rappeler encore le temps où j'avais déchiré mon linge pour panser les siennes, mais Dalville jouissant toujours ne répondit à mes plaintes que par une douzaine de soufflets entremêlés d'autant de différentes invectives, et me laissa là comme à l'ordinaire aussitôt qu'il s'était satisfait et toujours avec les mêmes épisodes. Ce manège dura près d'un mois après lequel je reçus au moins de mon bourreau la grâce de n'être plus exposée à l'affreux tourment de servir ses plaisirs. Ma vie ne changea pourtant point, je n'eus ni plus ni moins de douceurs, ni plus ni moins de mauvais traitements.

Un an se passa dans cette cruelle situation, lorsque la nouvelle se répandit enfin dans la maison que non seulement les désirs de Dalville étaient satisfaits, que non seulement il recevait pour Venise la quantité immense de papier qu'il en avait désirée, mais qu'on lui redemandait même encore quelques millions de fausses espèces dont on lui ferait passer en papier les fonds à sa volonté sur Venise. Il était impossible que ce scélérat fît une fortune plus brillante et plus inespérée ; il partait avec plus d'un million de revenu sans les espérances qu'il pouvait concevoir ; tel était le nouvel exemple que la providence me préparait, telle était la nouvelle manière dont elle voulait encore me convaincre que la prospérité n'était que pour le crime et l'infortune pour la vertu.

Dalville s'apprêta au départ, il vint me voir la veille à minuit, ce qui ne lui était pas arrivé depuis bien longtemps ; ce fut lui-même qui m'annonça sa fortune. Je me jetai à ses pieds, je le conjurai avec les plus vives instances de me rendre la liberté et le peu qu'il voudrait d'argent pour me conduire à Grenoble.

— A Grenoble, tu me dénoncerais.

— Eh bien, monsieur, lui dis-je en arrosant ses genoux de mes larmes, je vous fais serment de n'y pas mettre les pieds ; faites mieux pour vous en convaincre, daignez me conduire avec vous jusqu'à Venise ; peut-être n'y trouverais-je pas des cœurs aussi durs que dans ma patrie, et une fois que vous aurez bien voulu m'y rendre, je vous jure sur tout ce que j'ai de plus sacré de ne vous y jamais importuner.

— Je ne te donnerai pas un secours, pas un écu, me répliqua durement cet insigne coquin, tout ce qui s'appelle aumône est une chose qui répugne si tellement à mon caractère, que me vît-on trois fois plus couvert d'or que je ne le suis, je ne consentirais pas à donner un demi-denier à un indigent ; j'ai des principes faits sur cette partie, dont je ne m'écarterai jamais. Le pauvre est dans l'ordre de la nature ; en créant les hommes de forces inégales, elle nous a convaincus du désir qu'elle avait que cette inégalité se conservât même dans le changement que notre civilisation apporterait à ses lois. Le pauvre remplace le faible, je te l'ai déjà dit, le soulager est anéantir l'ordre établi, c'est s'opposer à celui de la nature, c'est renverser l'équilibre qui est à la base de ses plus sublimes arrangements. C'est travailler à une égalité dangereuse pour la société, c'est encourager l'indolence et la fainéantise, c'est apprendre au pauvre à voler l'homme riche, quand il plaira à celui-ci de lui refuser son secours, et cela par l'habitude où ce secours aura mis le pauvre de l'obtenir sans travail.

— Oh monsieur, que ces principes sont durs ! parleriez-vous de cette manière, si vous n'aviez pas toujours été riche ?

— Il s'en faut bien que je l'aie toujours été. Mon père l'était, mais je désertai la maison de bonne heure et voulus connaître la misère avant que je recueillisse les richesses qu'il devait me laisser ; je fus malheureux comme toi, mais j'ai su maîtriser le sort, je sus fouler aux pieds cette frivole vertu qui ne mène jamais qu'à l'hôpital, ou qu'à la potence, j'ai su voir jeune que la religion, la bienfaisance et l'humanité devenaient les pierres certaines d'achoppement de tout ce qui prétendait à la fortune, et j'ai consolidé la mienne sur les débris de tous préjugés humains. C'est en me moquant des lois divines et humaines, c'est en sacrifiant toujours le faible quand je le heurtais dans mon chemin, c'est en abusant de la bonne foi et de la crédulité des autres, c'est en ruinant le pauvre et volant le riche que je suis parvenu au temple escarpé de la divinité que j'encensais. Que ne m'imitais-tu ? ta fortune a été dans tes mains, la vertu chimérique que tu lui as préférée t'a-t-elle consolée des sacrifices que tu lui as faits ? Il n'est plus temps, malheureuse, il n'est plus temps ; pleure sur tes fautes, souffre et tâche de trouver si tu peux dans le sein des fantômes que tu préfères, ce que ta crédulité t'a fait perdre.

A ces mots cruels, Dalville se précipita sur moi... mais il me faisait une telle horreur, ses affreuses maximes m'inspiraient tant de haine que je le repoussai durement ; il voulut employer la force, elle ne lui réussit pas, il s'en dédommagea par des cruautés, je fus abîmée de coups, mais il ne triompha pas ; le feu s'éteignit sans succès, et les larmes perdues de l'insensé me vengèrent enfin de ses outrages.

Le lendemain avant de partir ce malheureux nous donna une nouvelle scène de cruauté et de barbarie dont les annales des Andronics, des Nérons, des Venceslas et des Tibères ne fournissent aucun exemple. Tout le monde croyait que sa maîtresse partait avec lui, il l'avait fait parer en conséquence ; au moment de monter à cheval, il la conduit vers nous.

— Voilà ton poste, vile créature, lui dit-il en lui ordonnant de se déshabiller, je veux que mes camarades se souviennent de moi en leur laissant pour gage la femme dont ils me croient le plus épris ; mais comme il n'en faut que trois ici... que je vais faire une route dangereuse dans laquelle mes armes me sont utiles, je vais essayer mes pistolets sur une de vous.

En disant cela il en arme un, le présente sur la poitrine de chacune des trois femmes qui tournaient la roue, et s'adressant enfin à l'une de ses anciennes maîtresses :

— Va, lui dit-il, en lui brûlant la cervelle, va porter de mes nouvelles en l'autre monde, va dire au diable que Dalville, le plus riche des scélérats de la terre, est celui qui brave le plus insolemment et la main du ciel et la sienne.

Cette infortunée qui n'expire pas encore tout de suite se débat longtemps sous ses chaînes, spectacle horrible que l'infâme considère délicieusement ; il fait jeter ce corps vivant dans un trou voisin du puits où s'enterraient les morts du château et plaçant sa maîtresse à la chaîne, il veut lui voir faire trois ou quatre tours, il lui applique de sa main une douzaine de coups de fouet de poste, et ces atrocités finies, l'exécrable coquin monte à cheval suivi de deux valets et s'éloigne pour jamais de nos yeux.

Tout changea dès le lendemain du départ de Dalville ; son successeur, homme doux et plein de raison, nous fit relâcher tout de suite.

— Ce n'est point là l'ouvrage d'un sexe faible et doux, nous

dit-il avec bonté, c'est à des animaux à servir cette machine ;
le métier que nous faisons est assez criminel sans offenser
encore l'être suprême par des atrocités gratuites.

Il nous établit dans le château, remit sans aucun intérêt la
maîtresse de Dalville en possession de tous les soins dont elle
se mêlait dans la maison, et nous occupa dans l'atelier, ma
compagne et moi, à la taille des pièces de monnaie, métier
bien moins fatigant sans doute et dont nous étions pourtant
récompensées par de très bonnes chambres et une excellente
nourriture. Au bout de deux mois le successeur de Dalville,
nommé Roland, nous apprit l'heureuse arrivée de son
confrère à Venise ; il y était établi, il y avait réalisé sa fortune
et y jouissait de toute la prospérité dont il avait pu se flatter.

Il s'en fallut bien que le sort de son successeur fût le même ;
le malheureux Roland était honnête, c'en était plus qu'il [n']
en fallait pour être promptement écrasé. Un jour que tout
était en gaîté au château, que sous les lois de ce bon maître, le
travail quoique criminel s'y faisait aisément et avec plaisir,
tout à coup les murs sont investis ; au défaut de passage du
pont, les fossés s'escaladent, et la maison, avant que nos gens
aient le temps de songer à leur défense, se trouve remplie de
plus de cent cavaliers de maréchaussée. Il fallut se rendre, on
nous enchaîna tous comme des bêtes, on nous attacha sur des
chevaux et on nous conduisit à Grenoble. Oh ciel, me dis-je en
y entrant, voilà donc cette ville où j'avais la folie de croire que
le bonheur devait naître pour moi ! Le procès des faux-
monnayeurs fut bientôt jugé, tous furent condamnés à être
pendus. Lorsqu'on vit la marque que je portais, on s'évita
presque la peine de m'interroger et j'allais être condamnée
comme les autres, quand j'essayai d'obtenir enfin quelque
pitié du magistrat célèbre, honneur de ce tribunal, juge
intègre, citoyen respectable, philosophe éclairé, dont la bienfaisance et l'humanité graveront au temple de Mémoire le
nom célèbre et respectable ; il m'écouta... il fit plus,
convaincu de ma bonne foi et de la vérité de mes malheurs, il
daigna m'en consoler par ses larmes. O grand homme, je te
dois mon hommage, permets à mon cœur de te l'offrir, la
reconnaissance d'une infortunée ne sera point onéreuse pour
toi, et le tribut qu'elle t'offre en honorant ton cœur sera
toujours la plus douce jouissance du sien. M.S. devint mon
avocat lui-même, mes plaintes furent entendues, mes gémissements trouvèrent des âmes, et mes larmes coulèrent sur des
cœurs qui ne furent pas de bronze pour moi et que sa

générosité m'entrouvrit. Les dépositions générales des criminels qu'on allait exécuter vinrent appuyer par leur faveur le zèle de celui qui voulait bien s'intéresser à moi. Je fus déclarée séduite et innocente, pleinement lavée et déchargée d'accusation avec pleine et entière liberté de devenir ce que je voudrais. Mon protecteur joignit à ces services celui de me faire obtenir une quête qui me valut près de cent pistoles ; je voyais le bonheur enfin, mes pressentiments semblaient se réaliser, et je me croyais au terme de mes maux, quand il plut à la providence de me convaincre que j'en étais encore bien loin.

Au sortir de prison je m'étais logée dans une auberge en face du pont de l'Isère, où l'on m'avait assurée que je serais honnêtement ; mon intention d'après les conseils de M.S. était d'y rester quelque temps pour essayer de me placer dans la ville ou de retourner ensuite à Lyon si je n'y réussissais pas, avec des lettres de recommandation qu'il aurait la bonté de me donner pour trouver une place. Je mangeais dans cette auberge à ce qu'on appelle *la table de l'hôte*, lorsque je m'aperçus le second jour que j'étais extrêmement observée par une grosse dame fort bien mise, qui se faisait appeler baronne ; à force de l'examiner à mon tour, je crus la reconnaître, nous nous avançâmes mutuellement l'une vers l'autre, nous nous embrassâmes comme deux personnes qui se sont connues, mais qui ne peuvent se rappeler où. Enfin la grosse baronne, me tirant à l'écart :

— Sophie, me dit-elle, me trompé-je, n'êtes-vous pas celle que j'ai sauvée il y a dix ans à la conciergerie et ne remettez-vous point la Dubois ?

Peu flattée de cette découverte, je répondis cependant avec politesse ; mais j'avais affaire à une des femmes les plus fines et les plus adroites qu'il y eût en France, il n'y eut pas moyen d'échapper. Elle me combla d'honnêtetés, elle me dit qu'elle s'était intéressée à mes affaires avec toute la ville mais qu'elle ignorait que cela me regardât ; faible à mon ordinaire, je me laissai conduire dans la chambre de cette femme et lui racontai mes malheurs.

— Ma chère amie, dit-elle en m'embrassant encore, si j'ai désiré de te voir plus intimement, c'est pour t'apprendre que ma fortune est faite, et que tout ce que j'ai est à ton service. Regarde, me dit-elle en m'ouvrant des cassettes pleines d'or et de diamants, voilà les fruits de mon industrie ; si j'eusse encensé la vertu comme toi, je serais aujourd'hui pendue ou enfermée.

— Oh, madame, lui dis-je, si vous ne devez tout cela qu'à
des crimes, la providence qui finit toujours par être juste ne
vous en laissera pas jouir longtemps.

— Erreur, me dit la Dubois, ne t'imagine pas que la
providence favorise toujours la vertu ; qu'un faible moment
de prospérité ne te plonge pas dans de telles erreurs. Il est
égal au maintien des lois de la providence qu'un tel soit
vicieux pendant que celui-ci se livre à la vertu ; il lui faut une
somme égale de vice et de vertu, et l'individu qui exerce l'un
ou l'autre est la chose du monde qui lui est le plus indifférente. Écoute-moi, Sophie, écoute-moi avec un peu d'attention, tu as de l'esprit et je voudrais enfin te convaincre. Ce
n'est pas le choix que l'homme fait du vice ou de la vertu, ma
chère, qui lui fait trouver le bonheur, car la vertu n'est
comme le vice qu'une manière de se conduire dans le monde ;
il ne s'agit donc pas de suivre plutôt l'un que l'autre, il n'est
question que de frayer la route générale ; celui qui s'écarte a
toujours tort. Dans un monde entièrement vertueux, je te
conseillerais toujours la vertu parce que les récompenses y
étant attachées, le bonheur y tiendrait infailliblement ; dans
un monde totalement corrompu, je ne te conseillerai jamais
que le vice. Celui qui ne suit pas la route des autres périt
inévitablement, tout ce qui le rencontre le heurte, et comme il
est le plus faible, il faut nécessairement qu'il soit brisé. C'est
en vain que les lois veulent rétablir l'ordre et ramener les
hommes à la vertu ; trop vicieuses pour l'entreprendre, trop
imbéciles pour y réussir, elles écarteront un instant du chemin battu mais elles ne le feront jamais quitter. Quand
l'intérêt général des hommes les portera à la corruption,
celui qui ne voudra pas se corrompre avec eux luttera donc
contre l'intérêt général ; or quel bonheur peut attendre celui
qui contrarie perpétuellement l'intérêt des autres ? Me
diras-tu que c'est le vice qui contrarie l'intérêt des hommes,
je te l'accorderai dans un monde composé en parties égales
de vicieux et de vertueux, parce qu'alors l'intérêt des uns
choque visiblement celui des autres, mais ce n'est plus cela
dans une société toute corrompue ; mes vices alors n'outrageant que le vicieux déterminent dans lui d'autres vices qui le
dédommagent et nous nous trouvons tous les deux heureux.
La vibration devient générale, c'est une multitude de chocs et
de lésions mutuelles, où chacun regagnant à l'instant ce qu'il
vient de perdre se retrouve sans cesse dans une position
heureuse. Le vice n'est dangereux qu'à la vertu, parce que

faible et timide elle n'ose jamais rien, mais qu'elle soit bannie de dessus la terre, le vice n'outrageant plus que le vicieux ne troublera plus rien, il fera éclore d'autres vices, mais n'altérera point de vertus. M'objectera-t-on les bons effets de ces vertus ? autre sophisme, ils ne servent jamais qu'au faible et sont inutiles à celui qui par son énergie se suffit à lui-même et qui n'a besoin que de son adresse pour redresser les caprices du sort. Comment veux-tu n'avoir pas échoué pendant ta vie, chère fille, en prenant sans cesse à contresens la route que suivait tout le monde ? si tu t'étais livrée au torrent, tu aurais trouvé le port comme moi. Celui qui veut remonter un fleuve arrivera-t-il aussi vite que celui qui le descend ? l'un veut contrarier l'autre, l'autre s'y livre. Tu me parles toujours de la providence, et qui te prouve qu'elle aime l'ordre et par conséquent la vertu ? ne te donne-t-elle pas sans cesse des exemples de ses injustices et de ses irrégularités ? Est-ce en envoyant aux hommes la guerre, la peste et la famine, est-ce en ayant formé un univers vicieux dans toutes ses parties, qu'elle manifeste à tes yeux son amour extrême de la vertu ? et pourquoi veux-tu que les individus vicieux lui déplaisent, puisqu'elle n'agit elle-même que par des vices, que tout est vice et corruption, que tout est crime et désordre dans sa volonté et dans ses œuvres ? Et de qui tenons-nous d'ailleurs ces mouvements qui nous entraînent au mal ? n'est-ce pas sa main qui nous les donne, est-il une seule de nos volontés ou de nos sensations qui ne vienne d'elle ? est-il raisonnable de dire qu'elle nous laisserait, ou nous donnerait des penchants pour une chose qui lui serait inutile ? Si donc les vices lui servent, pourquoi voudrions-nous nous y opposer, de quel droit travaillerions-nous à les détruire et d'où vient que nous résisterions à leur voix ? Apprends, Sophie, apprends et ne l'oublie jamais que ce n'est que par des crimes que la nature rentre dans les droits que lui enlèvent sans cesse les vertus, qu'elle a également besoin de tous deux ! Un peu plus de philosophie dans le monde remettra bientôt tout à sa place et fera voir aux législateurs, aux magistrats que ces vices qu'ils blâment et punissent avec tant de rigueur ont quelquefois un degré d'utilité bien plus grand que ces vertus qu'ils prêchent sans jamais les récompenser.

— Mais quand je serais assez faible, madame, répondis-je à cette corruptrice, pour me livrer à vos affreux systèmes, comment parviendriez-vous à étouffer le remords qu'ils feraient à tout instant naître dans mon cœur ?

— Le remords est une chimère, Sophie, reprit la Dubois, il n'est que le murmure imbécile de l'âme assez faible pour ne pas oser l'anéantir.

— L'anéantir, le peut-on ?

— Rien de plus aisé, on ne se repent que de ce qu'on n'est pas dans l'usage de faire. Renouvelez souvent ce qui nous donne des remords et vous parviendrez à les éteindre ; opposez-leur le flambeau des passions, les lois puissantes de l'intérêt, vous les aurez bientôt dissipés. Le remords ne prouve pas le crime, il prouve seulement une âme facile à subjuguer. Qu'il vienne un ordre absurde de t'empêcher de sortir à l'instant de cette chambre, tu n'en sortiras pas sans remords, quelque certain qu'il soit que tu ne ferais pourtant aucun mal à en sortir. Il n'est donc pas vrai qu'il n'y ait que le crime qui donne des remords ; en se convainquant du néant des crimes ou de la nécessité dont ils sont eu égard au plan général de la nature, il serait donc possible de vaincre aussi facilement le remords qu'on aurait à les commettre, comme il te le deviendrait d'étouffer celui qui naîtrait de ta sortie de cette chambre d'après l'ordre illégal que tu aurais reçu d'y rester une fois. Car il faut donc commencer par une analyse exacte de tout ce que les hommes appellent crime, débuter par se convaincre que ce n'est que l'infraction de leurs lois et de leurs mœurs nationales qui le caractérisent ainsi ; que ce qu'on appelle crime en France cesse de l'être à quelque cent lieues de là ; qu'il n'est aucune action qui soit réellement considérée comme crime universellement dans toute la terre et que par conséquent rien dans le fond ne mérite raisonnablement le nom de crime, que tout est affaire d'opinion et de géographie. Cela posé, il est donc absurde de vouloir se soumettre à pratiquer des vertus qui ne sont que des vices ailleurs, et à fuir des crimes qui sont de bonnes actions dans les autres climats. Je te demande maintenant si ces réflexions bien faites peuvent laisser des remords à celui qui pour son plaisir ou pour son intérêt aura commis en France une vertu de la Chine ou du Japon, qui pourtant le flétrira dans sa patrie. S'arrêtera-t-il à cette vile distinction, et s'il a un peu de force dans l'esprit, cette action quelconque sera-t-elle capable de lui donner des remords ? Or si le remords n'est qu'en raison de la défense, s'il ne naît qu'à cause du brisement des freins et point du tout en raison de l'action, est-ce un mouvement bien sage à laisser subsister en soi, n'est-il pas absurde de ne pas l'anéantir aussitôt ? Qu'on s'accoutume à considérer comme indifférente l'action qui vient de donner des remords, qu'on la juge telle par l'étude réfléchie des mœurs et coutumes de toutes les nations de la terre; en conséquence de ce raisonnement, qu'on renouvelle cette action quelle qu'elle soit, aussi souvent que cela sera possible, et les préjugés de l'éducation dissipés, le flambeau de la raison détruiront bientôt le remords, anéantiront ce mouvement ténébreux, seul fruit de l'ignorance, de la pusillanimité et de l'éducation. Il y a trente ans, Sophie, qu'un enchaînement perpétuel de vices et de crimes me conduit pas à pas à la fortune, j'y touche; encore deux ou trois coups heureux et je passe de l'état de misère et de mendicité dans lequel je suis née à plus de cinquante mille livres de rente. T'imagines-tu que dans cette carrière brillamment parcourue, le remords soit un seul instant venu me faire sentir ses épines? ne le crois pas, je ne l'ai jamais connu. Un revers affreux me plongerait à l'instant du pinacle au ban de la roue de Fortune que je ne l'admettrais pas davantage; je me plaindrais des hommes ou de ma maladresse, mais je serais toujours en paix avec ma conscience.

— Soit, mais raisonnons un instant sur les mêmes principes de philosophie que vous. De quel droit prétendez-vous exiger que ma conscience soit aussi ferme que la vôtre, dès qu'elle n'a pas été accoutumée dès l'enfance à vaincre les mêmes préjugés; à quel titre exigez-vous que mon esprit qui n'est pas organisé comme le vôtre, puisse adopter les mêmes systèmes? Vous admettez qu'il y a une somme de maux et de biens dans la nature, et qu'il faut qu'il y ait en conséquence une certaine quantité d'êtres qui pratique le bien, et une autre classe qui se livre au mal. Le parti que je prends, même dans vos principes, est donc dans la nature; n'exigez donc pas que je m'écarte des règles qu'il me prescrit, et comme vous trouvez, dites-vous, le bonheur dans la carrière que vous suivez, de même il me serait impossible de le rencontrer hors de celle que je parcours. N'imaginez pas d'ailleurs que la vigilance des lois laisse en repos longtemps celui qui les transgresse; n'en venez-vous pas de voir l'exemple sous vos yeux mêmes? de quinze scélérats parmi lesquels j'avais le malheur d'habiter, un se sauve, quatorze périssent ignominieusement.

— Est-ce cela que tu appelles un malheur? qu'importe premièrement cette ignominie à celui qui n'a plus de principes? quand on a tout franchi, quand l'honneur n'est plus qu'un préjugé, la réputation qu'une chimère, l'avenir une illusion, n'est-il pas égal de périr là, ou dans son lit ? Il y a deux espèces de scélérats dans le monde, celui qu'une fortune puissante, un crédit prodigieux met à l'abri de cette fin tragique et celui qui ne l'évitera pas s'il est pris ; ce dernier, né sans bien, ne doit avoir que deux points de vue s'il a de l'esprit : la *fortune*, ou la *roue*. S'il réussit au premier, il a ce qu'il a désiré ; s'il n'attrape que l'autre, quel regret peut-il avoir puisqu'il n'a rien à perdre ? Les lois sont donc nulles vis-à-vis de tous les scélérats, car elles n'atteignent pas celui qui est puissant, celui qui est heureux s'y soustrait, et le malheureux n'ayant d'autre ressource que leur glaive, elles doivent être sans effroi pour lui.

— Eh, croyez-vous que la justice céleste n'attende pas dans un monde meilleur celui que le crime n'a pas effrayé dans celui-ci ?

— Je crois que s'il y avait un dieu, il y aurait moins de mal sur la terre ; je crois que si le mal existe sur la terre, ou ces désordres sont nécessités par ce dieu, ou il est au-dessus de ses forces de l'empêcher ; or un dieu qui n'est qu'ou faible ou méchant, je le brave sans peur et me ris de sa foudre.

— Vous me faites frémir, madame, dis-je en me levant, pardonnez-moi de ne pouvoir écouter plus longtemps vos exécrables sophismes et vos odieux blasphèmes.

— Arrête, Sophie, si je ne peux vaincre ta raison, que je séduise au moins ton cœur. J'ai besoin de toi, ne me refuse pas le secours que je vais te demander ; voilà cent louis, je les mets à tes yeux de côté, ils sont à toi dès que le coup aura réussi.

N'écoutant ici que mon penchant naturel à faire le bien, je demandai sur-le-champ à la Dubois de quoi il s'agissait, afin de prévenir de toute ma puissance le crime qu'elle s'apprêtait à commettre.

— Le voilà, me dit-elle, as-tu remarqué ce jeune négociant de Lyon qui mange avec nous depuis trois jours ?

— Qui, Dubreuil ?

— Précisément.

— Eh bien ?

— Il est amoureux de toi, il me l'a confié. Il a six cent mille francs ou en or, ou en papier dans une très petite cassette auprès de son lit. Laisse-moi faire croire à cet homme que tu consens à l'écouter ; que cela soit ou non, que t'importe ? je l'engagerai à te proposer une promenade hors de la ville, je

LES INFORTUNES DE LA VERTU   111

lui persuaderai qu'il avancera ses affaires avec toi pendant
cette promenade ; tu l'amuseras, tu le tiendras dehors, le plus
longtemps possible ; je le volerai pendant ce temps-là, mais je
ne m'enfuirai point, ses effets seront déjà à Pise que je serai
encore dans Grenoble. Nous emploierons tout l'art possible
pour le dissuader de jeter les yeux sur nous, nous aurons l'air
de l'aider dans ses recherches ; cependant mon départ sera
annoncé, il n'étonnera point, tu me suivras, et les cent louis te
sont comptés en arrivant l'une et l'autre à Pise.

— Je le veux, madame, dis-je à la Dubois, bien décidée à
prévenir le malheureux Dubreuil de l'infâme tour qu'on
voulait lui jouer ; et pour mieux tromper cette scélérate :
Mais réfléchissez-vous, madame, ajouté-je, que si Dubreuil
est amoureux de moi, je puis en tirer bien plus ou en le
prévenant, ou en me vendant à lui, que le peu que vous
m'offrez pour le trahir ?

— Cela est vrai, me dit la Dubois, en vérité je commence à
croire que le ciel t'a donné plus d'art qu'à moi pour le crime.
Eh bien, continua-t-elle en écrivant, voilà mon billet de mille
louis, ose me refuser maintenant.

— Je m'en garderai bien, madame, dis-je en acceptant le
billet, mais n'attribuez au moins qu'à mon malheureux état,
et ma faiblesse et le tort que j'ai de vous satisfaire.

— Je voulais en faire un mérite à ton esprit, tu aimes
mieux que j'en accuse ton malheur, ce sera comme tu voudras, sers-moi toujours et tu seras contente.

Tout s'arrangea ; dès le même soir je commençai à faire un
peu plus beau jeu à Dubreuil, et je reconnus effectivement
qu'il avait quelque goût pour moi.

Rien de plus embarrassant que ma situation ; j'étais bien
éloignée sans doute de me prêter au délit proposé, le prix en
eût-il été double, mais il me répugnait beaucoup de faire
pendre une femme à qui j'avais dû ma liberté dix ans auparavant ; je voulais empêcher le crime sans le dénoncer, et avec
toute autre qu'une scélérate consommée comme la Dubois,
j'y aurais certainement réussi. Voici donc ce à quoi je me
déterminai, ignorant que la manœuvre sourde de cette abominable créature non seulement dérangeait tout l'édifice de
mes projets honnêtes, mais me punirait même de les avoir
conçus.

Au jour prescrit de l'arrangement de la promenade, la
Dubois nous invita l'un et l'autre à dîner dans sa chambre ;
nous acceptâmes, et le dîner fait, Dubreuil et moi descen-

dîmes pour presser la voiture qu'on nous préparait. La Dubois ne nous accompagnant point, je fus donc seule un instant avec Dubreuil avant que de monter en voiture.

— Monsieur, lui dis-je précipitamment, écoutez avec attention ce que je vais vous dire, point d'éclat, et observez surtout rigoureusement ce que je vais vous prescrire. Avez-vous un ami sûr dans cette auberge?

— Oui, j'ai un jeune associé sur lequel je puis compter comme moi-même.

— Eh bien, monsieur, allez promptement lui ordonner de ne pas quitter un instant votre chambre de tout le temps que nous serons à la promenade.

— Mais j'ai la clef de cette chambre dans ma poche; que signifie ce surplus de précaution?

— Il est plus essentiel que vous ne croyez, monsieur, usez-en de grâce ou je ne sors point avec vous. La femme de chez qui nous sortons est une scélérate, elle n'arrange la partie que nous allons faire ensemble que pour vous voler plus à l'aise pendant ce temps-là. Pressez-vous, monsieur, elle nous observe, elle est dangereuse; que je n'aie pas l'air de vous prévenir de rien; remettez promptement votre clef à votre ami, qu'il aille s'établir dans votre chambre avec quelques autres personnes si cela lui est possible et que ni les uns ni les autres n'en bougent que nous ne soyons revenus. Je vous expliquerai tout le reste dès que nous serons en voiture.

Dubreuil m'entend, il me serre la main pour me remercier, et vole donner des ordres relatifs à ma recommandation; il revient, nous partons et chemin faisant, je lui dénoue toute l'aventure. Ce jeune homme me témoigna toute la reconnaissance possible du service que je lui rendais, et après m'avoir conjurée de lui parler vrai sur ma situation, et lorsque je l'ai satisfait, il me répond que rien n'est capable de l'empêcher de m'offrir sa main.

— Je suis trop heureux de pouvoir réparer les torts que la fortune a eus envers vous. Réfléchissez-y, Sophie, je suis mon maître, je ne dépends de personne, je passe à Turin pour un placement considérable des sommes que vos bons avis me sauvent; vous m'y suivrez, en y arrivant je deviens votre époux et vous ne paraissez à Lyon que sous ce titre.

Une telle aventure me flattait trop pour que j'osasse la refuser, mais il ne me convenait pas non plus d'accepter sans faire sentir à Dubreuil tout ce qui pourrait l'en faire repentir. Il me sut gré de ma délicatesse, et ne me pressa qu'avec plus d'instance... Malheureuse créature que j'étais, fallait-il donc que la fortune ne s'offrît jamais à moi que pour me faire plus vivement sentir le chagrin de ne pouvoir jamais la saisir, et qu'il fût décidément arrangé dans les décrets de la providence, qu'il n'éclorait pas de mon âme une vertu qu'elle ne me précipitât dans l'abîme! Notre conversation nous avait déjà conduits à deux lieues de la ville, et nous allions descendre pour jouir de la fraîcheur de quelques allées sur le bord de l'Isère, où nous avions eu dessein de promener, lorsque tout à coup Dubreuil me dit qu'il se trouvait infiniment mal... Il descend, d'affreux vomissements le surprennent, je le fais à l'instant remettre dans la voiture, et nous revolons en hâte vers Grenoble; Dubreuil est si mal qu'il faut le porter dans sa chambre. Son état surprend ses amis qui selon ses ordres n'étaient pas sortis de son appartement. Je ne le quitte point... un médecin arrive; juste ciel, l'état de ce malheureux jeune homme se décide, il est empoisonné... A peine apprends-je cette affreuse nouvelle que je vole à l'appartement de la Dubois... la scélérate... elle était partie... je passe chez moi, mon armoire est enfoncée, le peu d'argent et de hardes que je possède est enlevé, et la Dubois, m'assure-t-on, court depuis trois heures la poste du côté de Turin... Il n'était pas douteux qu'elle ne fût l'auteur de cette multitude de crimes, elle s'était présentée chez Dubreuil, piquée d'y trouver du monde, elle s'était vengée sur moi, et elle avait empoisonné Dubreuil au dîner pour qu'au retour, si elle avait réussi à le voler, ce malheureux jeune homme, plus occupé de sa vie que de la poursuivre, la laissât fuir en sûreté, et pour que l'accident de sa mort arrivant pour ainsi dire dans mes bras, j'en fusse plus vraisemblablement soupçonnée qu'elle. Je revole chez Dubreuil, on ne me laisse point approcher, il expirait au milieu de ses amis, mais en me disculpant, en les assurant que j'étais innocente, et en leur défendant de me poursuivre. A peine eut-il fermé les yeux, que son associé se hâta de venir m'apporter ces nouvelles en m'assurant d'être très tranquille... Hélas, pouvais-je l'être, pouvais-je ne pas pleurer amèrement la perte du seul homme qui, depuis que j'étais dans l'infortune, se fût aussi généreusement offert de m'en tirer... pouvais-je ne pas déplorer un vol qui me remettait dans le fatal abîme de la misère dont je ne pouvais venir à bout de me sortir? Je confiai tout à l'associé de Dubreuil, et ce qu'on avait combiné contre son ami, et ce qui m'était arrivé à moi-même; il me plaignit, regretta bien

amèrement son associé et blâma l'excès de délicatesse qui
m'avait empêchée de m'aller plaindre aussitôt que j'avais été
instruite des projets de la Dubois. Nous combinâmes que
cette horrible créature, à laquelle il ne fallait que quatre
heures pour se mettre en pays de sûreté, y serait plus tôt que
nous n'aurions avisé à la faire poursuivre, qu'il m'en coûte-
rait beaucoup de frais, que le maître de l'auberge, vivement
compromis dans les plaintes que j'allais faire et se défendant
avec éclat, finirait peut-être par anéantir quelqu'un qui ne
semblait respirer à Grenoble qu'en échappée d'un procès
criminel et n'y subsister que des charités publiques... Ces
raisons me convainquirent et m'effrayèrent même tellement
que je me résolus d'en partir sans prendre congé de M.S. mon
protecteur. L'ami de Dubreuil approuva ce parti, il ne me
cacha point que si toute cette aventure se réveillait, les
dépositions qu'il serait obligé de faire me compromettraient,
quelles que fussent ses précautions, tant à cause de ma
liaison avec la Dubois qu'à cause de ma dernière promenade
avec son ami, et qu'il me renouvelait donc vivement d'après
tout cela le conseil de partir tout de suite de Grenoble sans
voir personne, bien sûre que de son côté, il n'agirait jamais en
quoi que ce pût être contre moi. En réfléchissant seule à toute
cette aventure, je vis que le conseil de ce jeune homme se
trouvait d'autant meilleur qu'il était aussi certain que j'avais
l'air coupable comme il était sûr que je ne l'étais pas ; que la
seule chose qui parlât vivement en ma faveur — l'avis donné
à Dubreuil, mal expliqué peut-être par lui à l'article de la
mort — ne deviendrait pas une preuve aussi triomphante que
je devais y compter, moyen en quoi je me décidai promptement. J'en fis part à l'associé.

— Je voudrais, me dit-il, que mon ami m'eût chargé de
quelques dispositions favorables à votre égard, je les rempli-
rais avec le plus grand plaisir ; je voudrais même, me dit-il,
qu'il m'eût dit que c'était à vous qu'il devait le conseil de
garder sa chambre pendant qu'il sortait avec vous ; mais il
n'a rien fait de tout cela, il nous a seulement dit à plusieurs
reprises que vous n'étiez point coupable et de ne vous poursuivre en quoi que ce soit. Je suis donc contraint à me borner
aux seules exécutions de ses ordres. Le malheur que vous me
dites avoir éprouvé pour lui me déciderait à faire quelque
chose de plus de moi-même si je le pouvais, Sophie, mais je
commence le commerce, je suis jeune et ma fortune est
extrêmement bornée ; pas une obole de celle de Dubreuil ne

m'appartient, je suis obligé de rendre à l'instant le tout à sa famille. Permettez donc, Sophie, que je me borne au seul petit service que je vais vous rendre ; voilà cinq louis, et voilà, me dit-il en faisant monter dans sa chambre une femme que j'avais entrevue dans l'auberge, voilà une honnête marchande de Chalon-sur-Saône ma patrie, elle y retourne après s'être arrêtée vingt-quatre heures à Lyon où elle a affaire.

— Madame Bertrand, dit ce jeune homme en me présentant à cette femme, telle est la jeune personne que je vous recommande ; elle est bien aise de se placer en province ; je vous enjoins, comme si vous travailliez pour moi-même, de vous donner tous les mouvements possibles pour la placer dans notre ville d'une manière convenable à sa naissance et à son éducation. Qu'il ne lui en coûte rien jusque-là, je vous tiendrai compte de tout à la première vue... Adieu, Sophie... Elle part cette nuit, suivez-la et qu'un peu plus de bonheur puisse vous accompagner dans une ville, où j'aurai peut-être la satisfaction de vous revoir bientôt et de vous y témoigner toute ma vie la reconnaissance des bons procédés que vous avez eus pour Dubreuil.

L'honnêteté de ce jeune homme qui foncièrement ne me devait rien me fit malgré moi verser des larmes ; j'acceptai ses dons en lui jurant que je n'allais travailler qu'à me mettre en état de pouvoir les lui rendre un jour. Hélas, me dis-je en me retirant, si l'exercice d'une nouvelle vertu vient de me précipiter dans l'infortune, au moins pour la première fois de ma vie, l'apparence d'une consolation s'offre-t-elle dans ce gouffre épouvantable de maux, où la vertu me précipite encore. Je ne revis plus mon jeune bienfaiteur, et je partis comme il avait été décidé avec la Chalonnaise, la nuit d'après la mort de Dubreuil.

La Bertrand avait une petite voiture couverte, attelée d'un cheval que nous conduisions tour à tour de dedans ; là étaient ses effets et passablement d'argent comptant, avec une petite fille de dix-huit mois qu'elle nourrissait encore et que je ne tardai pas pour mon malheur de prendre bientôt en aussi grande amitié que pouvait faire celle qui lui avait donné le jour.

Mme Bertrand était une espèce de harengère sans éducation, soupçonneuse, bavarde, commère, ennuyeuse et bornée à peu près comme toutes les femmes du peuple. Nous descendions régulièrement chaque soir tous ses effets dans l'auberge et nous couchions dans la même chambre. Nous arrivâmes à Lyon sans qu'il nous arrivât rien de nouveau, mais pendant les deux jours dont cette femme avait besoin pour ses affaires, je fis dans cette ville une rencontre assez singulière ; je me promenais sur le quai du Rhône avec une des filles de l'auberge que j'avais priée de m'accompagner, lorsque j'aperçus tout à coup s'avancer vers moi le révérend père Antonin maintenant gardien des récollets de cette ville, et que j'avais connu, comme vous vous en souvenez, madame, au petit couvent de Sainte-Marie-des-Bois où m'avait conduite ma malheureuse étoile. Antonin m'aborda cavalièrement et me demande quoique devant cette servante, si je veux le venir voir dans sa nouvelle habitation et y renouveler nos anciens plaisirs.

— Voilà une bonne grosse maman, dit-il en parlant de celle qui m'accompagnait, qui sera également bien reçue, nous avons dans notre maison de bons religieux très en état de tenir tête à deux jolies filles.

Je rougis prodigieusement à de pareils discours, un moment je veux faire croire à cet homme qu'il se trompe ; n'y réussissant pas, j'essaye des signes pour le contenir au moins devant ma conductrice, mais rien n'apaise cet insolent et ses sollicitations n'en deviennent que plus pressantes. Enfin sur nos refus réitérés de le suivre, il se borne à nous demander instamment notre adresse ; pour me débarrasser de lui, il me [vient] à l'instant l'idée de lui en donner une fausse ; il la prend par écrit dans son portefeuille et nous quitte en nous assurant qu'il nous reverra bientôt. Nous rentrâmes ; chemin faisant j'expliquai comme je pus l'histoire de cette malheureuse connaissance à la servante qui était avec moi, mais soit que ce que je lui dis ne la satisfît point, soit bavardage naturel à ces sortes de filles, je jugeai par les propos de la Bertrand lors de la malheureuse aventure qui m'arriva avec elle, qu'elle avait été instruite de ma connaissance avec ce vilain moine ; cependant il ne parut point et nous partîmes. Nous ne fûmes ce premier jour qu'à Villefranche et ce fut là, madame, où m'arriva la catastrophe horrible qui me fait aujourd'hui paraître à vos yeux comme criminelle, sans que je l'aie été davantage dans cette funeste situation de ma vie, que dans aucune de celles où vous m'avez vue accablée des coups du sort, et sans qu'autre chose m'ait conduite dans l'abîme du malheur, que le sentiment de bienfaisance qu'il m'était impossible d'éteindre dans mon cœur.

Arrivées dans le mois de mars sur les sept heures du soir à

Villefranche, nous nous étions pressées de souper et de nous coucher de bonne heure, ma compagne et moi, afin de faire le lendemain une plus forte journée. Il n'y avait pas deux heures que nous reposions, lorsqu'une fumée affreuse s'introduisant dans notre chambre nous réveille l'une et l'autre en sursaut. Nous ne doutâmes pas que le feu ne fût aux environs... juste ciel, les progrès de l'incendie n'étaient déjà que trop effrayants ; nous ouvrons notre porte à moitié nues, nous n'entendons autour de nous que le fracas des murs qui s'écroulent, des charpentes qui se brisent et les hurlements épouvantables des malheureux qui tombent dans le foyer. Une nuée de ces flammes dévorantes s'élançant aussitôt vers nous ne nous laisse qu'à peine le temps de nous précipiter au-dehors, nous nous y jetons cependant, et nous nous trouvons confondues dans la foule des malheureux qui comme nous nus, quelques-uns à moitié grillés, cherchent un secours dans la fuite... En cet instant je me ressouviens que la Bertrand, plus occupée d'elle que de sa fille, n'a pas songé à la garantir de la mort ; sans la prévenir, je recours dans notre chambre au travers de flammes qui m'aveuglent et qui me brûlent dans plusieurs endroits de mon corps, je saisis la malheureuse petite créature, je revole pour la rapporter à sa mère ; m'appuyant sur une poutre à moitié consumée, le pied me manque, mon premier mouvement est de mettre ma main au-devant de moi ; cette impulsion de la nature me force à lâcher le précieux fardeau que je tiens, et l'infortunée petite créature tombe dans les flammes aux pieds de sa mère. Cette femme injuste ne réfléchissant ni au but de l'action que je viens de faire pour sauver son enfant, ni à l'état où la chute faite à ses yeux vient de me mettre moi-même, emportée par l'égarement de sa douleur, m'accuse de la mort de sa fille, se jette impétueusement sur moi, et m'accable de coups que l'état où je suis m'empêche de parer. Cependant l'incendie s'arrête, la multitude des secours sauve encore près de la moitié de l'auberge. Le premier soin de la Bertrand est de rentrer dans sa chambre, l'une des moins endommagées de toutes ; elle renouvelle ses plaintes, en me disant qu'il y fallait laisser sa fille et qu'elle n'aurait couru aucun danger. Mais que devient-elle lorsque cherchant ses effets, elle se trouve entièrement volée ! n'écoutant alors que son désespoir et sa rage, elle m'accuse hautement d'être la cause de l'incendie et de ne l'avoir produit que pour la voler plus à l'aise, elle me dit qu'elle va me dénoncer, et passant aussitôt de la menace à

l'effet, elle demande à parler au juge du lieu. J'ai beau
protester de mon innocence, elle ne m'écoute pas ; le magistrat qu'elle demande n'était pas loin, il avait lui-même
ordonné des secours, il paraît à la réquisition de cette
méchante femme... Elle forme sa plainte contre moi, elle
l'étaye de tout ce qui lui vient à la tête pour lui donner de la
force et de la légitimité, elle me peint comme une fille de
mauvaise vie, échappée de la corde à Grenoble, comme une
créature dont un jeune homme sans doute son amant l'a
forcée de se charger malgré elle, elle parle du récollet de
Lyon ; en un mot, rien n'est oublié de tout ce que la calomnie
envenimée par le désespoir et la vengeance peut inspirer de
plus énergique. Le juge reçoit son exposition ; on fait l'exa-
men du logis ; il se trouve que le feu a pris dans un grenier
plein de foin, où plusieurs personnes déposent m'avoir vue
entrer le soir, et cela était vrai ; cherchant un cabinet
d'aisances mal indiqué par les servantes auxquelles je
m'étais adressée, j'étais entrée dans ce grenier, ne trouvant
point l'endroit cherché, et j'y étais restée assez de temps pour
faire soupçonner ce dont on m'accusait. La procédure
commence donc et se suit dans toutes les règles, les témoins
s'entendent, rien de ce que je puis alléguer pour ma défense
n'est seulement écouté, il est démontré que je suis l'incendiaire, que je n'ai brûlé l'enfant que par excès de méchanceté,
il est prouvé que j'ai des complices qui pendant que j'agissais
d'un côté, ont fait le vol de l'autre, et sans plus d'éclaircissement, je suis le lendemain dès la pointe du jour ramenée dans
la prison de Lyon, et écrouée comme incendiaire, meurtrière
d'enfant et voleuse.

Accoutumée depuis si longtemps à la calomnie, à l'injustice et au malheur, faite depuis mon enfance à ne me livrer à
un sentiment quelconque de vertu qu'assurée d'y trouver des
épines, ma douleur fut plus stupide que déchirante et je
pleurai plus que je ne me plaignis. Cependant comme il est
naturel à la créature souffrante de chercher tous les moyens
possibles de se tirer de l'abîme où son infortune la plonge, le
père Antonin me vint dans l'esprit ; quelque médiocre secours
que j'en espérasse, je ne me refusai point à l'envie de le voir,
je le demandai. Comme il ne savait pas qui pouvait le désirer,
il parut, il affecta de ne me point reconnaître ; alors je dis au
concierge qu'il était possible qu'il ne se ressouvînt pas de
moi, n'ayant dirigé ma conscience que fort jeune, mais qu'à
ce titre je demandais un entretien secret avec lui ; on y

consentit de part et d'autre. Dès que je fus seule avec ce moine, je me jetai à ses pieds et le conjurai de me sauver de la cruelle position où j'étais ; je lui prouvai mon innocence, et je ne lui cachai pas que les mauvais propos qu'il m'avait tenus deux jours avant, avaient indisposé contre moi la personne à laquelle j'étais recommandée et qui se trouvait maintenant ma partie adverse. Le moine m'écouta avec attention, et à peine eus-je fini que le scélérat pour toute réponse m'ordonne de me livrer à lui, mais [je] [reculai] d'horreur à cette exécrable proposition :

— Écoute, Sophie, écoute avec un peu d'attention, me dit-il, et ne t'emporte pas à ton ordinaire sitôt que l'on enfreint tes absurdes principes ; tu vois où t'ont conduite ces principes, tu peux maintenant te convaincre à l'aise qu'ils n'ont jamais servi qu'à te plonger d'abîmes en abîmes, cesse donc de les suivre une fois dans ta vie si tu veux qu'on sauve tes jours. Je ne vois qu'un seul moyen pour y réussir ; nous avons un de nos pères ici proche parent du gouverneur et de l'intendant, je le préviendrai ; dis que tu es sa nièce, il te réclamera à ce titre, et sur la parole de te mettre au couvent pour toujours, je suis persuadé qu'il éteindra la procédure. Dans le fait tu disparaîtras, il te remettra dans mes mains et je me chargerai du soin de te cacher éternellement, mais tu seras à moi ; je ne te le cèle pas, esclave asservie de mes caprices tu les assouviras tous sans réflexion, tu les connais, Sophie, et tu m'entends, choisis donc entre ce parti ou l'échafaud et ne fais pas attendre ta réponse.

— Allez, mon père, répondis-je avec horreur, allez, vous êtes un monstre d'oser abuser aussi cruellement de ma situation pour me placer ainsi entre la mort et l'infamie ; sortez, je saurai mourir innocente, et je mourrai du moins sans remords.

Ma résistance enflamme ce scélérat, il ose me montrer à quel point ses passions se trouvent irritées ; le cruel, il ose concevoir les caresses de l'amour au sein de l'horreur et des chaînes, sous le glaive même qui m'attend pour me frapper. Je veux fuir, il me poursuit, il me renverse sur la malheureuse paille qui me sert d'asile, et s'il n'y consomme entièrement son crime, il en laisse sur moi des traces tellement impures qu'il ne m'est plus possible de ne pas croire à l'abomination de ses desseins.

— Écoutez, me dit-il en se rajustant, vous ne voulez pas que je vous sois utile ; à la bonne heure, je vous abandonne, je ne vous servirai ni ne vous nuirai, mais si vous vous avisez de dire un seul mot contre moi, en vous chargeant des crimes les plus énormes, je vous ôte à l'instant tout moyen de pouvoir jamais vous défendre ; réfléchissez-y bien avant de parler, et saisissez l'esprit de ce que je vais dire au geôlier, ou j'achève à l'instant de vous écraser.

Il frappe, le concierge entre :

— Monsieur, lui dit cet iniqué fripon, cette bonne fille se trompe, elle a voulu parler d'un père Antonin qui est à Bordeaux, je ne la connais ni ne l'ai jamais connue ; elle m'a prié d'entendre sa confession, je l'ai fait, vous connaissez nos lois, je n'ai donc rien à dire, je vous salue l'un et l'autre et serai toujours prêt à me représenter quand on jugera mon ministère important.

Antonin sort en disant ces mots, et me laisse aussi stupéfaite de sa fourberie que confondue de son insolence et de son libertinage.

Cependant la procédure s'achève. Rien ne va vite en besogne comme les cours inférieures ; presque toujours composées d'idiots, de rigoristes imbéciles ou de brutaux fanatiques, à peu près sûrs que de meilleurs yeux corrigeront leurs stupidités, rien ne les arrête aussitôt qu'il s'agit d'en faire. Je fus donc condamnée tout d'une voix à la mort par huit ou dix courtauds de boutique composant le fameux tribunal de ce repaire de banqueroutiers et conduite sur-le-champ à Paris pour la confirmation de ma sentence. Les réflexions les plus amères et les plus douloureuses vinrent achever alors de déchirer mon cœur :

Sous quelle étoile fatale faut-il que je sois née, me dis-je, pour qu'il me soit devenu impossible de concevoir un seul sentiment vertueux qui n'ait été aussitôt suivi d'un déluge de maux, et comment se peut-il que cette providence éclairée dont je me plais d'adorer la justice, en me punissant de mes vertus, m'ait en même temps offert aussitôt au pinacle ceux qui m'écrasaient de leurs vices ? Un usurier, dans mon enfance, veut m'engager à commettre un vol, je le refuse, il s'enrichit et je suis à la veille d'être pendue. Des fripons veulent me violer dans un bois parce que je refuse de les suivre, ils prospèrent et moi je tombe dans les mains d'un marquis débauché qui me donne cent coups de nerf de bœuf pour ne vouloir pas empoisonner sa mère. Je vais de là chez un chirurgien à qui j'épargne un crime exécrable, le bourreau pour récompense me marque et me congédie ; ses crimes se consomment sans doute, il fait sa fortune et je suis obligée de mendier mon pain. Je veux m'approcher des sacrements, je veux implorer avec ferveur l'être suprême dont je reçois autant de malheurs, le tribunal auguste où j'espère me purifier dans l'un de nos plus saints mystères, devient l'affreux théâtre de mon infamie; le monstre qui m'abuse et qui me flétrit s'élève à l'instant aux plus grands honneurs, pendant que je retombe dans l'abîme affreux de ma misère. Je veux soulager un pauvre, il me vole. Je secours un homme évanoui, le scélérat me fait tourner une roue comme une bête de somme, il m'accable de coups quand le courage me manque, toutes les faveurs du sort l'entourent et je suis prête à perdre mes jours pour avoir travaillé de force chez lui. Une femme indigne veut me séduire pour un nouveau crime, je reperds une seconde fois le peu de biens que je possède pour sauver la fortune de sa victime et pour la préserver du malheur; cet infortuné veut m'en récompenser de sa main, il expire dans mes bras avant que de le pouvoir. Je m'expose dans un incendie pour sauver un enfant qui ne m'appartient pas, me voilà pour la troisième fois sous le glaive de Thémis. J'implore la protection du malheureux qui m'a flétrie, j'ose espérer de le trouver sensible à l'excès de mes calamités, c'est au nouveau prix de mon déshonneur que le barbare m'offre des secours... O providence, m'est-il enfin permis de douter de ta justice et de quels plus grands fléaux eussé-je donc été accablée, si à l'exemple de mes persécuteurs, j'eusse toujours encensé le vice? Telles étaient, madame, les imprécations que j'osais malgré [moi] me permettre et qui m'étaient arrachées par l'horreur de mon sort, quand vous avez daigné laisser tomber sur moi un regard de pitié et de compassion... Mille excuses, madame, d'avoir abusé aussi longtemps de votre patience, j'ai renouvelé mes plaies, j'ai troublé votre repos, c'est tout ce que nous recueillerons l'une et l'autre de ce fatal récit. L'astre se lève, mes gardes vont m'appeler, laissez-moi courir à la mort; je ne la crains plus, elle abrégera mes tourments, elle les finira; elle n'est à craindre que pour l'être fortuné dont les jours se lèvent purs et sereins, mais la malheureuse qui n'a pressé que des couleuvres, dont les pieds sanglants n'ont parcouru que des épines, qui n'a connu les hommes que pour les haïr, qui n'a vu le flambeau du jour que pour le détester, celle à qui ses cruels revers ont enlevé parents, fortune, secours, protection, amis, celle qui n'a plus dans le monde que des pleurs pour s'abreuver et des tribulations pour se nourrir... celle-là, dis-je, voit avancer la mort sans frémir, elle la souhaite comme un port assuré où la tranquillité renaîtra pour elle dans le sein d'un dieu trop juste pour permettre que l'innocence avilie et persécutée sur la terre ne trouve pas un jour dans le ciel la récompense de ses larmes.

L'honnête M. de Corville n'avait point entendu ce récit sans en être prodigieusement ému ; pour Mme de Lorsange, en qui (comme nous l'avons dit) les monstrueuses erreurs de sa jeunesse n'avaient point éteint la sensibilité, elle était prête à s'en évanouir.

— Mademoiselle, dit-elle à Sophie, il est difficile de vous entendre sans prendre à vous le plus vif intérêt... mais il faut vous l'avouer, un sentiment inexplicable, plus vif encore que celui que je viens de vous peindre, m'entraîne invinciblement vers vous, et fait mes propres maux des vôtres. Vous m'avez déguisé votre nom, Sophie, vous m'avez caché votre naissance, je vous conjure de m'avouer votre secret ; ne vous imaginez pas que ce soit une vaine curiosité qui m'engage à vous parler ainsi ; si ce que je soupçonne était vrai... ô Justine, si vous étiez ma sœur !

— Justine... madame, quel nom !

— Elle aurait votre âge aujourd'hui.

— O Juliette, est-ce toi que j'entends, dit la malheureuse prisonnière en se précipitant dans les bras de Mme de Lorsange... toi, ma sœur, grand Dieu... quel blasphème j'ai fait, j'ai douté de la providence... ah, je mourrai bien moins malheureuse, puisque j'ai pu t'embrasser encore une fois !

Et les deux sœurs, étroitement serrées dans les bras l'une de l'autre, ne s'exprimaient plus que par leurs sanglots, ne s'entendaient plus que par leurs larmes... M. de Corville ne put retenir les siennes, et voyant bien qu'il lui était impossible de ne pas prendre à cette affaire le plus grand intérêt, il sortit sur-le-champ et passa dans un cabinet, il écrivit au garde des Sceaux, il peignit en traits de sang l'horreur du sort de l'infortunée Justine, il se rendit garant de son innocence, demanda jusqu'à l'éclaircissement du procès que la prétendue coupable n'eût que son château pour prison et s'engagea à la représenter au premier ordre du chef souverain de la justice. Sa lettre écrite, il en charge les deux cavaliers, il se fait connaître à eux, il leur ordonne de porter à l'instant les dépêches et de revenir prendre leur prisonnière chez lui, s'il en reçoit l'ordre pour réponse à ce qu'il écrit ; ces deux hommes qui voient à qui ils ont affaire ne craignent point de se compromettre en obéissant, cependant une voiture avance...

— Venez, belle infortunée, dit alors M. de Corville à Justine qu'il retrouve encore dans les bras de sa sœur, venez, tout vient de changer pour vous dans un quart d'heure ; il ne sera pas dit que vos vertus ne trouveront pas leur récompense ici-bas, et que vous ne rencontriez jamais que des âmes de fer... suivez-moi, vous êtes ma prisonnière, ce n'est plus que moi qui réponds de vous.

Et M. de Corville explique alors en peu de mots tout ce qu'il vient de faire...

— Homme respectable autant que chéri, dit Mme de Lorsange en se précipitant à ses genoux, voilà le plus beau trait que vous avez fait de vos jours. C'est à celui qui connaît véritablement le cœur de l'homme et l'esprit de la loi, à venger l'innocence opprimée, à secourir l'infortune accablée par le sort... Oui, la voilà... la voilà, votre prisonnière, monsieur,... va Justine, va... cours baiser à l'instant les pas de ce protecteur équitable qui ne t'abandonnera point comme les autres... O monsieur, si les liens de l'amour m'étaient précieux avec vous, combien vont-ils me le devenir davantage, embellis par les nœuds de la nature, resserrés par la plus tendre estime !

Et ces deux femmes embrassaient à l'envi les genoux d'un si généreux ami et les arrosaient de leurs pleurs.
On partit. M. de Corville et Mme de Lorsange s'amusaient excessivement de faire passer Justine de l'excès du malheur au comble de l'aisance et de la prospérité ; ils la nourrissaient avec délices des mets les plus succulents, ils la couchaient dans les meilleurs lits, ils voulaient qu'elle ordonnât chez eux, ils y mettaient enfin toute la délicatesse qu'il était possible d'attendre de deux âmes sensibles... On lui fit faire des remèdes pendant quelques jours ; on la purgea, on la soigna, on la baigna, on la para, on l'embellit ; elle était l'idole des deux amants, c'était à qui des deux lui ferait plus tôt oublier ses malheurs. Avec quelques soins un excellent artiste se chargea de faire disparaître cette marque ignominieuse, fruit cruel de la scélératesse de Rodin. Tout répondait aux vœux de Mme de Lorsange et de son charmant ami ; déjà les traces de l'infortune s'effaçaient du front charmant de l'aimable Justine... déjà les grâces y rétablissaient leur empire ; aux teintes livides de ses joues d'albâtre succédaient

124 LES INFORTUNES DE LA VERTU

les roses du printemps ; le rire effacé depuis si longtemps de ces lèvres y reparut enfin sur l'aile des plaisirs. Les meilleures nouvelles arrivaient de Paris, M. de Corville avait mis toute la France en mouvement, il avait ranimé le zèle de M.S. qui s'était joint à lui pour peindre les malheurs de Justine et pour lui rendre une tranquillité qui lui était aussi bien due... Des lettres du roi arrivèrent enfin, qui purgeant Justine de tous les procès qui lui avaient été injustement intentés depuis son enfance, lui rendaient le titre d'honnête citoyenne, imposaient à jamais silence à tous les tribunaux du royaume qui avaient comploté contre cette malheureuse, et lui accordaient douze cents livres de pension sur les fonds saisis dans l'atelier des faux-monnayeurs du Dauphiné. Peu s'en fallut qu'elle n'expirât de joie en apprenant d'aussi flatteuses nouvelles ; elle en versa plusieurs jours de suite des larmes bien douces dans le sein de ses protecteurs, lorsque tout à coup son humeur changea sans qu'il fût possible d'en deviner la cause. Elle devint sombre, inquiète, rêveuse, quelquefois elle pleurait dans le sein de ses amis sans pouvoir elle-même expliquer le sujet de ses larmes.

— Je ne suis pas née pour un tel comble de bonheur, disait-elle quelquefois à Mme de Lorsange... oh ma chère sœur, il est impossible qu'il puisse durer.

On avait beau lui dire que toutes ses affaires étant finies, elle ne devait plus avoir aucune sorte d'inquiétude ; l'attention que l'on avait eue de ne point parler dans les mémoires qui avaient été faits en sa faveur d'aucun des personnages avec lesquels elle avait été compromise et dont le crédit pouvait être à redouter, ne pouvait que la calmer encore ; cependant rien n'y parvenait, on eût dit que cette pauvre fille, uniquement destinée au malheur et sentant la main de l'infortune toujours suspendue sur sa tête, prévît déjà le dernier coup dont elle allait être écrasée.

Mme de Lorsange habitait encore la campagne ; on était sur la fin de l'été, on projetait une promenade qu'un orage affreux qui se formait, paraissait devoir déranger ; l'excès de la chaleur avait contraint de laisser tout ouvert dans le salon. L'éclair brille, la grêle tombe, les vents sifflent avec impétuosité, des coups de tonnerre affreux se font entendre. Mme de Lorsange effrayée... Mme de Lorsange qui craint étonnamment le tonnerre, supplie sa sœur de fermer tout le plus promptement possible ; M. de Corville rentrait en ce moment ; Justine, empressée de calmer sa sœur, vole à une

LES INFORTUNES DE LA VERTU

fenêtre, elle veut lutter une minute contre le vent qui la repousse, à l'instant un éclat de foudre la renverse au milieu du salon et la laisse sans vie sur le plancher.

Mme de Lorsange jette un cri lamentable... elle s'évanouit ; M. de Corville appelle au secours, les soins se divisent, on rappelle Mme de Lorsange à la lumière, mais la malheureuse Justine était frappée de façon à ce que l'espoir même ne pouvait plus subsister pour elle. La foudre était entrée par le sein droit, elle avait brûlé la poitrine, et était ressortie par sa bouche, en défigurant tellement son visage qu'elle faisait horreur à regarder. M. de Corville voulut la faire emporter à l'instant. Mme de Lorsange se lève, avec l'air du plus grand calme et s'y oppose.

— Non, dit-elle à son amant, non, laissez-la sous mes regards un instant, monsieur, j'ai besoin de la contempler pour m'affermir dans la résolution que je viens de prendre ; écoutez-moi, monsieur, et ne vous opposez point surtout au parti que j'adopte et dont rien au monde ne pourra me distraire à présent.

Les malheurs inouïs qu'éprouve cette malheureuse, quoiqu'elle ait toujours respecté la vertu, ont quelque chose de trop extraordinaire, monsieur, pour ne pas m'ouvrir les yeux sur moi-même ; ne vous imaginez pas que je m'aveugle sur ces fausses lueurs de félicité dont nous avons vu jouir dans le cours de ces aventures les scélérats qui l'ont perdue. Ces caprices du sort sont des énigmes de la providence qu'il ne nous appartient pas de dévoiler, mais qui ne doivent pas nous éblouir ; la prospérité du méchant n'est qu'une épreuve où la providence nous met, elle est comme la foudre dont les feux trompeurs n'embellissent un instant l'atmosphère que pour précipiter dans les abîmes de la mort le malheureux qu'elle éblouit... En voilà l'exemple sous nos yeux ; les calamités suivies, les malheurs effrayants et sans interruption de cette fille infortunée sont un avertissement que l'Éternel me donne de me repentir de mes travers, d'écouter la voix de mes remords et de me jeter enfin dans ses bras. Quel traitement devrais-je attendre de lui, moi... dont les crimes vous feraient frémir, s'ils étaient connus de vous... moi dont le libertinage, l'irréligion... l'abandon de tous principes ont marqué chaque instant de la vie... à quoi devrais-je m'attendre, puisque c'est ainsi qu'est traitée celle qui n'eut pas une seule erreur volontaire à se reprocher de ses jours... Séparons-nous, monsieur, il en est temps... aucune chaîne ne nous lie, oubliez-moi, et trouvez bon que j'aille par un repentir éternel abjurer aux pieds de l'être suprême les infamies dont je me suis souillée. Cet exemple affreux pour moi était néanmoins nécessaire à ma conversion dans cette vie, et au bonheur que j'ose espérer dans l'autre. Adieu, monsieur, vous ne me verrez jamais. La dernière marque que j'attends de votre amitié est de ne faire même aucune sorte de perquisition pour savoir ce que je suis devenue ; je vous attends dans un monde meilleur, vos vertus doivent vous y conduire, puissent les macérations dont je vais, pour expier mes crimes, accabler le reste de mes malheurs me permettre de vous y revoir un jour.

Mme de Lorsange quitte aussitôt la maison, elle fait atteler une voiture, prend quelques sommes avec elle, laisse tout le reste à M. de Corville en lui indiquant des legs pieux, et vole à Paris où elle entre aux carmélites dont au bout de très peu de temps elle devient le modèle et l'exemple, autant par sa grande piété que par la sagesse de son esprit et l'extrême régularité de ses mœurs.

M. de Corville digne d'obtenir les premiers emplois de sa patrie, y parvient, n'en est honoré que pour faire à la fois le bonheur du peuple, la gloire de son souverain et la fortune de ses amis.

O vous qui lirez cette histoire, puissiez-vous en tirer le même profit que cette femme mondaine et corrigée, puissiez-vous vous convaincre avec elle que le véritable bonheur n'est que dans le sein de la vertu et que si Dieu permet qu'elle soit persécutée sur la terre, c'est pour lui préparer dans le ciel une plus flatteuse récompense.

Fini au bout de quinze jours,
le 8 juillet 1787.

IMPRIMÉ EN FRANCE PAR BRODARD ET TAUPIN
1479 I-5 Usine de La Flèche (Sarthe), le 05-12-1993
AS/073-93 – Dépôt légal, Décembre 1993
ISBN : 287714-161-6

DISTRIBUTION

ALLEMAGNE

SWAN BUCH-VERTRIEB GMBH
Goldscheuerstrasse 16
D-77694 Kehl/Rhein

BELGIQUE

UITGEVERIJ EN BOEKHANDEL
VAN GENNEP BV
Spuistraat 283
1012 VR Amsterdam
Pays-Bas

CANADA

EDILIVRE INC.
DIFFUSION SOUSSAN
5518 Ferrier
Mont-Royal, QC H4P 1M2

ESPAGNE

RIBERA LIBRERIA
Dr Areilza 19
48011 Bilbao

ÉTATS-UNIS

POWELL'S BOOKSTORE
1501 East 57th Street
Chicago, Illinois 60637

TEXAS BOOKMAN
8650 Denton Drive
75235 Dallas, Texas

FRANCE

BOOKKING INTERNATIONAL
16 rue des Grands Augustins
75006 Paris

GRANDE-BRETAGNE

SANDPIPER BOOKS LTD
22 a Langroyd Road
London SW17 7PL

ITALIE

MAGIS BOOKS s.r.l.
Vicolo Trivelli 6
42100 Reggio Emilia

LIBAN

LA PHENICIE
BP 50291
Furn El Chebback
Beyrouth

MAROC

LIBRAIRIE DES ÉCOLES
12 av. Hassan II
Casablanca

PAYS-BAS

UITGEVERIJ EN BOEKHANDEL
VAN GENNEP BV
Spuistraat 283
1012 VR Amsterdam

SUISSE

MEDEA DIFFUSION
Z.I. 3 Corminboeuf
Case Postale 559
1701 Fribourg

TAIWAN

POINT FRANCE LIVRE
Diffusion de l'édition française
Han Yang Bd. 7 F
374 Pa Teh Rd.
Section 2 - Taipei